Frühes Ende einer Kindheit

*Lass dir von deinen Eltern und Großeltern
erzählen,
was sie erlebt haben.*

WEISHEIT AUS DER HEILIGEN SCHRIFT

Hella Pat

Frühes Ende einer Kindheit

Die Autorin dankt den Rudolf Otto Wiemer Erben für das freundliche Erteilen
der Abdruckerlaubnis für das Gedicht
»Es müssen nicht Männer mit Flügeln sein (Engel)«
Aus:
Rudolf Otto Wiemer, Der Augenblick ist noch nicht vorüber, Kreuz Verlag, Stuttgart
2001, © Rudolf Otto Wiemer Erben, Hildesheim

Bibliografische Informationen der Deutschen
Nationalbibliothek
Die Deutsche Nationalbibliothek verzeichnet diese
Publikation in der Deutschen Nationalbibliografie;
detaillierte bibliografische Daten sind im Internet
über http://dnb.d-nb.de abrufbar.

IMPRESSUM
© Helga Martin
Herstellung und Verlag:
Books on Demand GmbH, Norderstedt
ISBN-13: 9783837007282

LATEX-Satz und Covergestaltung
mit SCRIBUS: Michael Martin
Korrektorat: Jürgen Martin, Simone Breuer

Inhaltsverzeichnis

Ich, Helga Martin, wurde am 24.Mai 1935 als erstes Kind von Fritz und Lina Kaupat in Insterburg geboren. Wenn ich als Kind gefragt wurde: »Wie heißt du denn?«, dann war meine Antwort: »Ich bin Hella Pat!« So kam ich zu meinem Lieblingsnamen, und so sollte es bleiben. Rückblickend kann ich sagen, dass mir dieser Name Zuversicht und persönliche Freiheit gegeben hat.

Dieses Buch handelt von meiner Kindheit in Ostpreußen. Es sind meine Erinnerungen an die schönsten Erlebnisse und Träume im wohlbehüteten Elternhaus. Es sind auch meine Erinnerungen an Einbrüche des Schreckens aus heiterem Himmel. Es sind aber ganz besonders meine Erinnerungen an liebenswerte Menschen, in schwerer Zeit.

Ich habe dies aufgeschrieben, damit die nachfolgenden Generationen ihre Wurzeln finden können. Besonders wichtig ist mir die Darstellung all der Wunder, die es auch während dieser Tragödie gegeben hat.

ICH MIT LOTTE

Es müssen nicht Männer mit Flügeln sein,
die Engel.
Sie gehen leise, sie müssen nicht schrein, oft sind sie alt
und hässlich und klein,
die Engel.

Sie haben kein Schwert, kein weißes Gewand,
die Engel.
Vielleicht ist einer, der gibt dir die Hand,
oder er wohnt neben dir, Wand an Wand,
der Engel.

Dem Hungernden hat er das Brot gebracht,
der Engel.
Dem Kranken hat er das Bett gemacht,
und er hört, wenn du ihn rufst, in der Nacht,
der Engel.

Er steht im Weg und er sagt: Nein,
der Engel,
groß wie ein Pfahl und hart wie ein Stein –
es müssen nicht Männer mit Flügeln sein,
die Engel.

RUDOLF OTTO WIEMER

Heimat

Erlebnisse eines Kindes

Ein lebenswertes Leben ohne Angst – das Paradies meiner Kindheit steht so deutlich vor meinen Augen: Ostpreußen, meine Heimat, das kleine, idyllisch gelegene Dorf Staggen – als hätte ich es erst gestern verlassen. Und doch ist dies schon sehr viele Jahre her und unwiederbringlich.

Ostpreußen – man nannte es auch das Land der großen Räume – ist heute so fern und der Hof meiner Eltern existiert nicht mehr. Der Ort, wo man glücklich war, bleibt unsterblich. Meine schönsten Erlebnisse liegen in der frühesten Kindheit.

Mitten im Dorf Staggen lag ein großer Teich, umgeben von Büschen und kleinen Bäumen. Im Winter liefen die Kinder Schlittschuh auf dem Dorfteich. Manche fuhren mit Schlitten oder »schorrten« mit ihren Klumpen. Klumpen sind Schuhe aus Holz, in die man Stroh legen kann, um die Füße besser warm zu halten. Wenn ich bei Tante Emma, die im Dorf wohnte, in den Winterferien war, schorrte ich auch über den Teich. Tante Emma war eine Schwester meiner Mutter, sie war mit Richard verheiratet. Die beiden hatten keine Kinder, und so holten sie mich oft in den Ferien zu sich. Wir trugen nur sonntags gute Schuhe oder im Winter Stiefel. Ansonsten hatten wir Klumpen oder Schlorren (das sind hinten offene Schuhe, ähnlich wie Clogs) an. Im Herbst bekamen wir neue. Im Sommer wurde oft barfuß gelaufen, auch über Stoppelfelder. Es hieß, das sei gesund. Jedoch tat es weh und manchmal blutete ein Fuß. Rings um den Teich lagen Gehöfte, dazwischen verliefen die Zufahrtswege und Kiesstraßen zu den außerhalb des Dorfes liegenden Bauernhöfen. Als ich einmal im Sommer bei Tante Emma zu Besuch war, unternahmen wir eine Fahrt nach Aulenbach. Wir wollten Getreide abliefern. Auf der etwa acht Kilometer langen Fahrt kam uns ein Lastauto entgegen, was einige Aufregung hervorrief. Die Pferde scheuten und stellten sich auf die Hinterbeine. Ich stand Todesängste aus, zumal wir gerade auf einer Brücke waren. Aber Tante Emma hatte sich die Leine um die Hände gewickelt und hielt die Pferde.

Tante Emma hatte einen wunderbaren, unberührten Garten mit einem Tor zum Dorfteich und umgeben von herrlich blühenden, hohen Sträuchern und Wildrosen. Vor dem Haus befand sich ein rundes prächtiges Blumenbeet, wo die ersten Frühlingsblumen im März aus dem Schnee schauten. Es bot sich ein farbenfrohes Bild mit Scilla, Traubenhyazinthen, Märzenbecher und Tulpen. Im Sommer blühten dann auf dem Beet viele Rosen. Zum Nachbargrundstück Bürgermeister Laaser hin standen große Schneeball-, Flieder- und Jasminsträucher, wodurch der Garten einen romantischen und verträumten Eindruck bekam. Der Briefträger kam immer durch das Tor herein und klopfte am Küchenfenster, um die Post hereinzureichen. Als ich später, im Frühjahr 1946, vor dem Blumenbeet stand, wusste ich nicht, was ich denken sollte. Die Blumen blühten wie einst, aber alles war so einsam und verlassen.

In den letzten Kriegsjahren bekam Tante Emma noch eine neue, schöne große Treppe vor dem Haus, denn die alte Treppe hatte eine Stufe, die sehr bedenklich wackelte.

Für die Hausarbeit hatte Tante ein junges Mädchen aus Polen, sie hieß Rosalie. Sie war sehr freundlich zu mir und hat fleißig gearbeitet. Außerdem hatten sie Janek, einen jungen Mann aus Polen, für die Feldarbeit. Onkel Richard hat leider viel mit ihm geschimpft, Richard war ein launischer Mann. Im Winter wurde immer das Korn gedroschen, dazu waren viele Helfer notwendig. Einmal half auch Janek uns beim Dreschen. Zu Feierabend bekamen alle Helfer Schnaps, Tabak und Geld, auch Janek. Er war sehr überrascht und sagte: »Ich viele Jahre arbeiten bei meine Herr, aber ich so etwas nix bekommen bei meine Herr.« Onkel Richard hat sich auch über mich aufgeregt, wenn ich in den Ferien bei ihnen war.»Wie kann man nur so langsam essen«, sagte er immer bei Tisch.

Auf Tantes Grundstück gab es hinter der Scheune den Obst- und Gemüsegarten. Dort hatte sie dann vor der Flucht noch Geschirr und Eingewecktes unter einem Dunghaufen vergraben. So etwas machten viele, denn sie dachten, sie kämen wieder zurück und könnten die versteckten Dinge dann gut gebrauchen. So war es nämlich nach dem ersten Weltkrieg gewesen.

In Ostpreußen lagen die Gehöfte oft verstreut, was den Vorteil hatte, dass die Äcker, Rossgärten und Wiesen dicht am Hof waren. Jeder lebte in seiner Familie und in guter Nachbarschaft. War Not am Mann, half einer dem anderen ohne zu fragen. Es gab dort viel Freiheit.

Mit der Nachbarfamilie Harpeng waren wir besonders befreundet. Harpengs hatten zwei Kinder, Werner und Anneliese. Anneliese schickte mir 1988 einen Brief, den ich hier wiedergeben möchte.

Liebe Helga!
Anfangen möchte ich mit der Hochzeit deiner
Eltern. Ich durfte aber erst nach der
Trauung hingehen, weil ich noch zum
Unterricht ging, denn ich war schon etwas
älter als üblich. Ich fand alles sehr schön
und lustig. An eine weitere Feier erinnere
ich mich bei deinen Eltern, da sang und
spielte deine Mutti zur Mandoline, so glaube
ich. Das war für mich besonders
eindrucksvoll, weil meine Familie recht
unmusikalisch war und keine Hausmusik
gepflegt wurde. Ansonsten besuchten sich
meine Eltern und die Deinigen nur zu
größeren feierlichen Anlässen, so wie
Konfirmation oder Hochzeit. Ich glaub es war
Werners Konfirmation, da weiß ich bewunderte

dein Opa Kaupat meinen Vater, wie er so
schwungvoll seine Gäste bediente, nachdem
die eigentliche Bedienung schon nach Hause
gefahren war. Er sagte: »Franz, du gehst
immer mit dem Tablett, daß die Schößkes
(Frack) fliegen.« Mein Vater war gelernter
Kaufmann, nicht groß aber sehr beweglich. So
etwas machte ihm außerordentlichen Spaß. Ab
und zu bin ich auch bei deinen Eltern
gewesen mit einer Nachricht zum Beispiel
oder was sich so von einem Hof zum anderen
ergab, über Tiere, Leute usw. Ich weiß nur,
daß einiges in eurem Haus verändert wurde,
seit deine Mutti Einzug gehalten hatte. Jede
junge Frau hat andere Ideen. Ich erinnere
mich an dich, wenn du am Hof als kleines
Mädchen standest – du gefielst mir immer.
Ich heiratete 1942, das ging so schnell, daß
nur die Verwandtschaft telefonisch
benachrichtigt wurde. Für meine Mutter war
es sehr aufregend – danach hatte ich ja
keine eigene Wohnung, wurde nichts mehr
gefeiert. Herzliche Grüße Dir und den Deinen

Tante Anneliese

Der Hof meiner Eltern, welchen sie zusammen mit meinen Großeltern bewirtschafteten, befand sich außerhalb des Dorfes. Sechsundzwanzig Hektar groß war das Ackerland, einschließlich Weideflächen
für Pferde und Kühe.

Es gab fünf Pferde, zwölf Kühe, sechsundzwanzig Schweine,
drei Schafe und siebzig bis achtzig Stück Geflügel. Dazu kamen

noch landwirtschaftliche Maschinen, Ackergeräte und etliche Pferdewagen. Für Ausflüge hatten wir zwei Wagen, den großen schwarzen Landauer und einen kleineren gelben Wagen. Für den Winter gab es natürlich noch einen Schlitten. Als ein neuer Hühnerstall gebraucht wurde, fertigte mein Vater eine Zeichnung an und errichtete ihn selbst. Der Stall war sehr geräumig und hatte viele Fenster. Vater bekam dafür eine Prämie. Die Hühner legten trotzdem ihre Eier überall hin. In der Scheune ins Stroh, hinter den Holzschuppen unter den großen Ästehaufen oder auf den Schauerboden. Dort fanden wir einmal ein großes Nest gefüllt mit vielen Eiern. Wir hatten auch zwei Puten und suchten wochenlang die Puteneier. Dann endlich fanden wir das Nest unter einer Kuhkrippe.

Der Kiesweg der von Streudorf nach Wasserlacken führte, hatte einen Abzweig nach Staggen. Von dieser Abzweigstelle führte ein beidseitig von jungen Birken gesäumter Auffahrtsweg zu unserem Hof. Das Gehöft bestand aus insgesamt vier Gebäuden. Das Wohnhaus war ein roter Ziegelbau, reetgedeckt und mit kleinen Fenstern, deren Rahmen weiß gestrichen waren. Wohnhaus, Stallung, Scheune und Schauer bildeten ein Viereck um den großen Hof. Mein Vater war dabei, das Haus zu vergrößern; er war sehr geschickt in solchen Dingen. Zum Garten hin hatte er die Küche schon um etwa sechs Meter erweitert – mit vielen Fenstern. Es war ein großer schöner und heller Raum, die Dielen aus hellem Holz. Es gab einen langen Tisch mit einer langen Bank und Stühlen, dort nahm die Großfamilie ihre Mahlzeiten ein.

Hinterm Garten gab es einen Teich, wo im Sommer manchmal die Pferde ein Bad nahmen und die Kühe getränkt wurden. Mitten auf dem Hof befand sich ein Brunnen mit einer Pumpe darauf. Weil er zu wenig Wasser gab, wurde er später noch einmal tiefer ausgeschachtet und um einige Betonringe erweitert. Man hatte nämlich festgestellt, dass der Brunnen ursprünglich einige Meter von der Wasserader entfernt gebaut worden war. Großmutter sagte, dass sie es wussten, sie wollten aber gerne den Brunnen mitten auf dem Hof haben. Deshalb musste nun das Wasser aufwändig hochgepumpt und in den

Stall gefahren werden, wo es in einen großen Tank gefüllt wurde. Vor dem Wohnhaus standen drei Kastanienbäume und beidseits der Eingangstreppe waren zwei weiße Bänke aufgestellt.

Links vom Hauseingang befand sich das Wohnzimmer, in dem unser Klavier stand und Muttis Mandoline, geschmückt mit den wunderschönen, farbigen Seidenbändern, an der Wand hing.

Rechts vom Eingang aus gesehen lag das größte Zimmer, wir nannten es »Soldatenzimmer«, weil wir es im Krieg für Soldaten abgeben mussten. Wir hielten uns gerne bei den Soldaten auf, sie spielten auch mit uns »Mensch ärgere dich nicht!« oder Leiterspiel (ein Würfelspiel).

Aber nun zu meiner Geschichte, die ich in diesem Buch erzählen möchte. Sie beginnt 1935, als ich in der für damalige Verhältnisse sehr modernen Landesfrauenklinik in Insterburg geboren wurde. Gewünscht und geliebt, ich war das erste Kind. Meine Eltern riefen mich »Mausi«, später als ich zur Schule ging rief mich mein Vater »Hella«. Wenn andere mich nach meinem Namen fragten, sagte ich stets: »Hella Pat.« Später bekam ich noch einen Bruder – Manfred, und eine Schwester – Brunhild. Es begann eine wunderbare Kindheit, die fast ohne Schatten war.

Schöne Zeiten waren das, sorglos und unbeschwert. Unsere Großfamilie lebte und arbeitete in großer Harmonie. Viel trug die Mutter meines Vaters dazu bei. Sie liebte meine Mutter ebenso wie ihre eigenen Töchter. Großmutter war klein und sehr beweglich. Sie trug stets nur lange schwarze Kleidung, selbst ihre Schürze war aus schwarz-grau gestreiftem Stoff. Ihr graues Haar war immer ordentlich gekämmt und wurde mit einem Knoten im Nacken zusammengehalten. Um die Schultern trug sie stets ein warmes schwarzes Tuch. Zwei Monate vor meiner Geburt war ihr Mann tödlich verunglückt. Voller Dankbarkeit denke ich an sie zurück, denn sie war immer für uns da. Wenn Mutter sonntags für alle kochte, sorgte Großmutter dafür, dass sie sich danach ausruhen konnte. Andere Familienmitglieder spülten dann das Geschirr und räumten die Küche auf. Auch sonst war sie für Mutter eine große Stütze: sie schälte Kartoffeln, stopfte die Strümpfe und fütterte die Schweine. Beim Schweinefüttern war ich immer gerne dabei. Einmal, wir kamen gerade aus der Futterkammer und Großmutter hatte zwei Eimer mit Futter für die Schweine in den Händen, hörte ich plötzlich ein seltsames, flatterndes Geräusch. Wild mit den Flügeln schlagend rannte unser böser Hahn hinter uns her. Schnell steckte ich meinen Kopf unter Großmutters Schürze, so hatte mir Mutter es gesagt. Im selben Augenblick flog der Hahn auf Großmutters Schulter, schlug mit den Flügeln und hackte. Nachdem Großmutter den Hahn verjagt hatte, nahm sie ihre Schürze hoch und wir konnten weitergehen.

Der Hahn wurde so böse, dass die Hoftore geschlossen werden mussten. Als der Briefträger sich nicht mehr auf den Hof traute, musste der Hahn geschlachtet werden.

Mein Vater hatte fünf Schwestern. Tante Maria wohnte bis zu ihrer Hochzeit, am 17.6.1944, noch auf dem Hof. Die anderen kamen nur zu Besuch. Erzählen möchte ich von Tante Ida und von Tante Annchen – mit denen ich mich besonders gut verstand. Tante Annchen und ihr Mann Gustav Laskowski halfen viel bei uns zur Erntezeit, sie bekamen dafür Naturalien. Gustav sagte immer:»Schwägerchen, hast du Futter für die Hühnerchens? Die Hühnerchens haben immer Hunger.« Gustav war Postbeamter in Insterburg. Sie opferten ihren Urlaub um beim Einbringen der Ernte zu helfen. Tante Annchen und Onkel Gustav waren sehr freundliche, ausgeglichene, liebevolle Menschen.

Wir hatten einen großen, gemauerten und gekachelten Küchenherd mit Wasserkasten. In den großen Backofen passten sieben Brote. Nach dem Brotbacken wurden einige Kohlestücke herausgeholt, um die Hitze zu verringern. Dann wurden Fladen gebacken. Mit Butter und Marmelade – sehr lecker! Leider hat der Herr Doktor Epha in Aulenbach mir diese Köstlichkeit verboten, weil ich Verdauungsstörungen bekam und morgens nichts mehr essen wollte. Ab sofort musste ich Schwarzbrot essen, was ich gar nicht mochte.

Es gab auch einen großen Garten mit vier Lauben darin. Mein Vater und seine Schwester Emmi hatten ihn mit viel Phantasie angelegt. Die großen Rasenflächen, Obstwiesen und der Gemüsegarten waren von breiten Gängen durchzogen, die jeden Sonnabend vom Unkraut befreit und schön geharkt wurden. Sonnabends wurde ebenso der Hof mit dem Reiserbesen gefegt und vor der Haustür geharkt. Rings um den Garten war eine Hecke, zwischen Hecke und Rasen ein breiter geradliniger Gang. An einer Stelle hatten sie eine schräg verlaufende Abkürzung angelegt. Der Pfad war eingesäumt mit Schneebeeren und anderen blühenden Sträuchern – sehr romantisch. Wenn man links vom Haus kam, führte ein Gang an der Hecke entlang direkt in die erste Laube. Von dort aus gelangte man in die nächste Laube und dazwischen zweigte ein schmaler Weg ab, der durch die Obstwiesen ging, wo auch ein großer Kirschbaum stand. In den Kirschbaum hatten wir eine große Vogelscheuche gehängt, damit die Stare nicht alle Kirschen holten – es half wenig, nach einigen Tagen hatten die Vögel keine Angst mehr.

Einige Meter entfernt von Großmutters Stubenfenster befand sich eine Quelle, da sprudelte das Wasser aus dem Erdboden hervor. An dieser Stelle sollte später ein zweiter Brunnen gebaut werden – die Brunnenringe hierfür lagen schon bereit. In diesen Ringen lernte meine Schwester das Laufen. Neben der Quelle standen zwei Bienenkästen. Jedes Jahr brachte mein Vater das Bienenvolk dort hin. Obwohl Bienenwaben und Zucker sich darin befanden, zogen die Bienen sofort wieder aus und gingen in die Hauswand hinter den Wein. Wenn es abends ruhig war und wir im größten Zimmer des Hauses saßen, vernahmen wir das Summen der Bienen. Interessant war es auch, wenn der Imker mit der Honigschleuder zu uns kam. Hierzu musste mein Vater stets einige Ziegel aus der Hauswand herausnehmen und später wieder einsetzen. Gegenüber der Hauswand, durch einen schönen breiten Weg unterbrochen, war unser großes Himbeerfeld – ich hatte immer ein wenig Angst beim Beeren pflücken, weil an manchen Tagen die Bienen aufgeregt umherschwärmten.

Mein Vater hatte auf dem First des Scheunendaches ein großes Wagenrad angebracht. Darauf baute »Meister Adebar« mit seiner Frau ein dickes Nest aus Reisig. Das Storchenpaar kam jedes Jahr wieder und trug mehr Reisig, Äste und sonstiges hinzu, das Nest wurde immer wuchtiger. Ich kann mich noch gut daran erinnern, wie alle Bewohner unseres Hofes stets gespannt auf die Ankunft des Storchenpaares warteten. Plötzlich war es dann wieder soweit, klappernd standen sie auf ihrem Nest. Waren die Storchenkinder dann geschlüpft, balancierten sie auf dem Dachfirst und machten ihre ersten Flugversuche. Vater wollte sich die Storchenkinder gerne einmal aus der Nähe ansehen. Als die Storcheneltern auf Nahrungssuche waren, stieg er aufs Scheunendach. In schwindelnder Höhe marschierte er über den First, bei diesem Anblick ängstigte ich mich sehr um meinen Vater. Es ging aber alles gut. Im Herbst dann, als ein starker Sturm übers Land fegte, stürzte das zentnerschwere Nest samt Wagenrad vom Dach. Es durchschlug das Dach des Holzschuppens und landete zwischen dem klein gehackten Holz und der Wäschemangel. Zum Glück war niemand im Schuppen gewesen. Nun konnten wir aber die Baukunst der Störche bewundern, wie kunstvoll gefertigt und dick das Nest war. Mein Vater beeilte sich, das Dach vor dem Winter in Ordnung zu bringen. Im Frühjahr brachte er das Wagenrad wieder auf dem Scheunenfirst an, und wir waren sehr gespannt, ob das Storchenpaar es akzeptieren würde. Tatsächlich kam das Paar wieder, und benutzte das provisorische Nest.

Gleich hinter den Rossgärten lag unsere Kiesgrube, die im Sommer auch zum Baden benutzt wurde. Der Kuckuck rief des öfteren, er saß dann in den Büschen und Bäumen, die an der Kiesgrube standen. Mein Großvater hatte etwa 60 bis 70 Kubikmeter Kies für den Bau der Straße nach Wasserlacken verkauft. Mit Anfuhr kostete ein Kubikmeter 10 bis 12 Reichsmark.

Auf unserem Feld, am Weg in Richtung Moorbad Waldfrieden gelegen, hatte man einen Bunker gebaut, und die Soldaten versahen dort ihren Dienst. In ihrer Freizeit halfen sie auf dem Hof mit und bekamen dafür gutes Essen. Ein Offizier hatte seine Lebensmittelkarte noch nicht erhalten. Jeden Tag ging er ins Dorf Staggen zum Bürgermeister Laaser und fragte nach. Zu uns sagte er, er könne erst mitessen, wenn die Karte da sei. Alles Zureden half nichts – kurz entschlossen trug mein Vater ihn zum Esstisch und sagte:

»Wenn Sie nicht essen, kann ich auch nicht essen. Wir beide müssen aber arbeiten und so auch essen.« Immer war mein Vater dabei, wenn es galt, anderen Menschen zu helfen. Für Recht und Gerechtigkeit setzte er sich nachhaltig ein. Er sagte immer: »Der brave Mann denkt an sich selbst zuletzt!«

Im Sommer wurde schon um 4 Uhr morgens aufgestanden und mit der Feldarbeit begonnen. Damals waren die Sommer noch sehr heiß. So gegen elf Uhr machte man »Kleinmittag« auf dem Feld. Es wurden Milchkaffee und belegte Brote herausgebracht. In der Mittagszeit wurde dann eine zweistündige Pause eingelegt und gegessen. Nachmittags wurde »gevespert«, nochmal mit Brot und Milchkaffee und es gab dann auch noch Kuchen. Mutter kochte für alle und half nachmittags noch auf dem Feld. In der Erntezeit waren es ungefähr vierzehn Personen, die sie dann zu versorgen hatte. Trotzdem hatte sie immer Zeit für uns und war sehr liebevoll, ruhig und ausgeglichen.

Einmal, es wurde gerade eine große Wiese eingezäunt und die dicken Pfähle waren schon gesetzt aber der Draht war noch nicht gezogen, sollten Lothar – der Sohn von Tante Emmi – und ich die Kühe hüten, damit sie nicht in die angrenzenden Felder gingen. Es war sehr warm und so zog ich meinen schönen neuen Pullover (dunkelblau mit roten Karos) aus, hängte ihn über einen Zaunpfahl und achtete nicht mehr darauf. Plötzlich sah ich, wie eine Kuh genüsslich auf meinem Pullover herumkaute! Mutter hatte ihn gerade erst im Textilgeschäft Leunwenus in Aulenbach gekauft. Nun waren beide Ärmel zerfressen – unbegreiflich für mich. Obwohl meine Mutter sie wieder stopfte, litt ich sehr unter diesem Missgeschick.

Ein andermal mussten wir auf einer Wiese neben Nachbar Höppner die Kühe hüten. Zunächst passten wir gut auf, dann meinte Lothar, wir könnten doch etwas spielen. Wir bauten uns aus leichter Erde und Sand einen Hügel und kleine Steine waren unsere »Tiere«; die echten Kühe vergaßen wir dabei ganz. Erst als mein Vater laut rufend auf uns zukam, bemerkten wir, dass die Kühe bei Höppners in den Rüben waren.

Neue Wäsche, wie Handtücher, Taschentücher, gestickte Tischdecken oder sonstiges, bewahrte meine Mutter in der Anrichte im Wohnzimmer auf. Ich sah mir gerne diese schönen und kostbaren Stücke an, während meine Mutter an der Nähmaschine saß. Das war meine Lieblingsbeschäftigung. Ich gehörte nicht zu den Mädchen, die »auf Bäume klettern«, denn dabei hätte ich mich schmutzig gemacht und es war auch gefährlich. Eines Tages hatte ich mich allein ins Wohnzimmer begeben, es wurde nur an Sonn- und Feiertagen benutzt, und räumte vorsichtig in der Anrichte herum und freute mich an den schönen Dingen. Mutti hatte mich schon vermisst und war rufend durchs Haus und über den Hof gegangen, aber ich hatte nichts gehört. Auf einmal ging die Tür auf – und Mutti sagte sehr erleichtert: »Da bist du ja, ich habe dich so gesucht!«

Mit Mutters Fahrrad – es hatte weinrote Reifen – lernte ich das Radfahren. Das war eine Prozedur, weil die Fahrräder sehr hoch für uns waren. Ich hatte große Angst, habe es aber kurz vor der Flucht doch noch gelernt. Ich bin öfters abgesprungen, auf dem ebenen Hof ging es ganz gut. Aber einmal bin ich den kleinen Hügel zu unserem Teich hinunter gefahren; vor lauter Angst hatte ich vergessen, wie ich bremsen konnte, und sauste mit Schwung in die Brennnesseln. Weinend bin ich aufgestanden, und mit verschrammten Knien langsam auf den Hof gegangen. Mutti tröstete mich.

In der Scheune waren manche Fächer nur halb mit Garben gefüllt. Wir kletterten bis zu einem vollgefüllten Fach und machten von dort aus eine Rolle, wir sagten damals »kabolz schießen«, ins halbvolle Fach. Das machte richtig Spaß und nahm die Angst etwas.

Eine große Hilfe war damals der Selbstbinder. Die Getreidefelder mussten nicht mehr vollständig mit der Sense gemäht werden, sondern nur noch ringsherum etwa einen Meter. Dann trat der Selbstbinder in Aktion. Die gebundenen Garben mussten nur noch zusammengetragen und in Hocken aufgestellt werden. Einige Wochen später wurden sie dann fachmännisch auf Leiterwagen aufgeschichtet: einer war auf dem Wagen, zwei stakten die Garben hoch. Nur gut geladene Fuder erreichten auch die große, neu gebaute Scheune. Gerne wäre ich auf dem vollen Erntewagen mitgefahren. Mutter hatte aber Sorge, dass ich bei der Fahrt über die mitunter unwegsamen Feldwege herunterfallen könnte. Das Dreschen fand dann viel später im Winter statt.

Im Herbst halfen wir Kinder bei der Rüben- und Kartoffelernte. Wir warfen auf dem Feld die Rüben auf einen Kastenwagen. Unter dem Schweinestall befand sich ein großer Keller. Mein Vater hatte Bretter ins Fenster gelegt und wir warfen die Rüben auf die Bretter und die Rüben kullerten so in den Keller. Das machte uns großen Spaß und wir beeilten uns sehr, um fertig zu sein, wenn die nächste Fuhre kam. Im Winter wurden die Rüben gehackt, mit gekochten Kartoffeln und Mehl gemischt, und an die Schweine verfüttert.

Onkel Hermann Laskowski war ein Eigenbrötler, sehr launisch und schimpfte gerne vor sich hin. Er bewohnte im Dachgeschoss zur Nordseite hin eine Stube. Dieses Zimmer war vollgestopft mit zahlreichen Büchern, Tees und mit Tabakpflanzen. Nur selten durften wir dort hinein, und anfassen durften wir dann nichts. In seinen Arbeiten war er manchmal sehr nachlässig. Er ließ einmal die Sense auf der Weide liegen. Unser Pferd Lore lief in die Sense und verletzte sich am Fuß. Meine Mutter legte dem Pferd einen Verband an. Zum Glück ist es so geheilt.

Die Hauptaufgabe von Onkel Hermann war es, täglich die Milch von uns und unseren Nachbarn zur Molkereigenossenschaft nach Aulenbach zu fahren. Er fuhr morgens gegen 1/2 6 Uhr los und war gegen elf Uhr wieder zurück. Einige der Milchkannen waren jetzt mit Molke gefüllt, die für die Schweine bestimmt war. Nachmittags stiegen wir Kinder manchmal auf den Wagen, zogen die scharfkantigen Deckel aus den Kannen, kippten die Molke in die Deckel und tranken. Die Molke sah seegrün aus. Mein Vater hatte eigens für das Milchfahren einen eisenbereiften Wagen mit 40 Zentnern Tragkraft gekauft. Zwei gute Pferde wurden extra dafür bereitgehalten.

»Das Barometer fällt, wir müssen einfahren!« sagte mein Vater. Alle begaben sich nun auf das Feld, es wurde zügig gearbeitet. Ziemlich schnell zog aber auch das Gewitter herauf. Mein Vater sagte: »Ich brauche die Lotte nicht mehr.« Lotte war unser bestes Pferd, sehr ruhig, arbeitsam und sie scheute nicht. Er setzte mich auf Lottes Rücken und sagte zu Lotte: »Geh nach Hause!« und Lotte ging ganz langsam, vorsichtig trotz Donner und Blitz in gleichmäßigem Schritt nach Hause. Ich hatte Angst vor dem großen Tier. Vor dem Stall blieb Lotte stehen und sah sich nach mir um. Erst da bemerkte ich, dass ich noch aufrecht saß, und so nicht durch die Tür passte. Ich legte meinen Kopf an Lottes Hals und sie ging langsam in den Stall an ihren Platz. Nun wusste ich aber nicht, wie ich vom Pferd herunterkommen konnte. Laut rief ich nach Onkel Hermann, und er befreite mich aus meiner misslichen Lage.

Lotte hatte ein Fohlen, das hieß Hans und sah ganz wie seine Mutter aus: dunkelbraun mit schwarzem Schweif. Hans war ein schönes Tier. Eines Sonntags, als wir mit Besuch durch den Rossgarten gingen, pflückte Hans mir meine Baskenmütze vom Kopf. Er machte das sehr vorsichtig, indem er den kleinen Stummel der Mütze packte. Ich bemerkte es zunächst gar nicht, erst als die anderen lächelten, und ich ihn mit meiner Mütze im Maul sah.

Wir hatten auch einen schönen, braunen Fuchs. Dieser war leider sehr widerspenstig. Er sollte vorgespannt werden, aber er wollte nicht und stellte sich immer auf die Hinterbeine und riss an der Deichsel und Leine. Manchmal wurde dabei auch eine Deichsel abgebrochen. Fast alle Reparaturen an Wagen und Maschinen führte mein Vater selbst aus. Eines Tages nahm mein Vater ein langes Seil, band es an das Geschirr des Pferdes und der Fuchs musste immer im Kreis auf dem Hof laufen, wobei er immer wieder mit Rufen und Peitschenknallen zur Bewegung seiner Beine ermahnt wurde. Später ging er auch vor dem Pflug oder Wagen, aber stets guckte er erst nach hinten um festzustellen, wer wohl der Kutscher ist. Vor meinem Vater hatte er großen Respekt, obwohl mein Vater nie die Pferde schlug.

Ich war ein zurückhaltendes, ängstliches Kind. Später stand in meinen Zeugnissen, dass ich zu still sei, obgleich ich immer eine gute Schülerin war. Meine Tanten machten sich einen Spaß daraus, mich immer wieder zu verängstigen. Sie mischten sich in meine Erziehung ein. Und ich, so leicht einzuschüchtern wie ich war, wusste mich nicht zu wehren. Bei Gewitter sagten sie: »Der liebe Gott schimpft, du bist sicher nicht artig gewesen!« Auch die Angst vor dem Weihnachtsmann wurde geschürt: »Der Weihnachtsmann kommt aus dem finsteren Wald, er sieht und hört alles. Und wenn du nicht artig warst, gibt es mit der Rute!« Wenn er dann kam, stand ich Todesängste aus. Aber er tat mir nie etwas.

Es ist traurig, wie diese erwachsenen Menschen mit Kindern umgingen. Wenn meine Mutter einmal wegen eines Arzttermins nicht da war, übten meine Tanten auf uns Kinder Druck aus. Sie beobachteten uns ständig, und wenn sie etwas entdeckt hatten, lachten sie höhnisch. Es wurden dann manchmal Gerichte gekocht, die ich nicht essen konnte, da ich sie vor Ekel nicht herunterbrachte. So zum Beispiel »Beetenbartsch«, das sind gekochte Rote Beete, die süß-sauer mit Sahne angerichtet werden. Neben Spinat war Beetenbartsch das einzige, was ich nicht essen konnte. Meine Tanten zwangen mich, den Teller leer zu essen.

Als ich noch nicht ganz vier Jahre alt war, stand die Geburt meines Bruders Manfred kurz bevor. Das war der Anlass für die Tanten, mich mit immer neuen Geschichten zu beunruhigen. Sie erzählten mir, der Storch bisse Mutti ins Bein und werfe mein Brüderchen durch den Schornstein. So viel man heute auch über dieses Märchen lachen mag, es verunsicherte mich sehr. Ich hatte Angst um mein Brüderchen, denn wie sollte es den Sturz durch den Schornstein überleben? Übrigens gingen sie fest davon aus, dass es ein Junge werden würde, obwohl man das damals natürlich noch nicht vorher wusste. Ich ging zu meiner Mutter und berichtete ihr über die Sorgen, die ich mir um mein Brüderchen machte. Sie erklärte mir, soweit ich es verstehen konnte, alles. Sobald mir meine Tanten nun wieder etwas erzählen wollten, sagte ich: »Da muss ich erst mal Mutti fragen, ob das auch stimmt, was du sagst.« Von da an konnten mir die Tanten nicht mehr so viel anhaben.

Am 15.5.1939 wurde mein Bruder, ebenso wie ich vier Jahre zuvor, in der Landesfrauenklinik Insterburg geboren. Als ich ihn das erste Mal sah, etwa zehn Tage alt, sagte ich enttäuscht: »Ach, der ist ja noch so klein, ich kann gar nicht mit ihm spielen!« Ich kann mich noch gut an die Taufe von Manfred erinnern. Sie fand bei Tante Annchen und Onkel Gustav in Insterburg statt, und war auf Wunsch meiner Mutter nur eine kleine Feier. Trotzdem hatte man viel Spaß und es war sehr gemütlich. Aus einer Begebenheit bei dieser Feier wird die große Hochachtung, die ich für meinen Vater empfand, deutlich. Bei einem Gesellschaftsspiel strich meine Tante Helene einigen Gästen Mehlkleister ins Gesicht. Als sie nun zu meinem Vater kam, sagte er etwas und lachte – und Tante strich ihm auch Mehlkleister ins Gesicht. Wie konnte sie nur so respektlos sein? Ich war empört!

Im selben Jahr, als auch mein Bruder Manfred geboren wurde, bekamen wir einen Landhelfer vom Arbeitsdienst zugeteilt. Er hieß Kurt Sommerfeld. Von ihm sind mir noch einige Briefe erhalten, die er uns bald dreißig Jahre später, als wir bereits im Westen lebten, schrieb.

```
                       Wolfsburg, den 3.7.1967
Meine Liebe Frau Kaupat!

Durch viele Umfragen und den Suchdienst,
zuletzt durch Ihre Schwägerin Frau Laskowski
bin ich nun zu Ihrer Anschrift gekommen. Ich
freue mich sehr, daß ich Sie wieder gefunden
habe, denn ich habe zu viele gute
Erinnerungen, daß ich Sie nicht vergessen
kann. Nun werden Sie ja bestimmt fragen, wer
bin ich? Mit wem habe ich es hier zu tun?
Ich möchte Sie nochmals in Ihre Heimat
versetzen. Es war im Jahre 1939 und ein
Arbeitsdienstmann kam als Landhelfer auf
Ihren Hof und derselbige bin ich und ich
klopfe wieder mal an Ihre Tür. Bitte sind
Sie mir nicht böse, denn ich habe Sie nur
als mütterlich und fürsorglich in Erinnerung
und ich kann Sie darum nicht mehr vergessen.
```

Ich freue mich, wieder brieflich mit Ihnen
in Verbindung zu kommen. Da ich nicht
allzuweit von Ihnen wohne, bringe ich es
sogar in Erwägung, Sie einmal zu besuchen,
wenn es Ihnen recht ist. Ich wohne in
Wolfsburg bei Braunschweig, es wäre
vielleicht 1 1/2 Stunde mit dem Auto. Bin
hier verheiratet und habe einen Sohn der
jetzt zehn Jahre alt wird. Über die
einzelnen Schicksale möchte ich jetzt nicht
eingehen. Würde mich darum freuen, von Ihnen
etwas zu hören und würde Ihnen dafür sehr
dankbar sein. Es grüßt Sie recht herzlichst

Ihr Kurt Sommerfeld mit Familie.

Meine Mutter hatte ihm geantwortet und schon bald bekamen wir
erneut Post von Herrn Sommerfeld, und zwar den folgenden Brief.

Wolfsburg, den 23.7. 1967

Liebe Frau Kaupat!
Habe mit großer Freude Ihre netten Zeilen
erhalten und will mich auch gleich melden.
Habe zur Zeit Urlaub und da ich in diesem
Jahr nicht verreist bin habe ich mir an der
Aller bei Gifhorn ein kleines Grundstück
gepachtet und verbringe hier mit viel Ruhe
meinen Urlaub. Nun wie komme ich dazu wieder
an Sie zu schreiben, oft kam mir der Gedanke
was wohl aus Ihnen geworden ist und
sonderbarerweise ist mir der Name und die

Adresse im Kopf hängen geblieben, ohne ein
Schriftstück zu besitzen, von den netten
Erinnerungen möchte ich nicht schreiben. Der
Gedanke kam nun ich muß mich doch mal wieder
mit Ihnen in Verbindung setzen. Nun habe ich
durch den Suchdienst und Leutebefragung
erfahren, daß Ihr lieber Mann nicht mehr
wiedergekommen ist, liebe Frau Kaupat meine
herzliche Anteilnahme. Ihren Mann kenne ich
noch, es waren vielleicht 8 Tage als er
damals zurück kam. Allerdings Sie hätte ich
bald auf dem Bild nicht mehr erkannt,
herzlichen Dank für das Bild. Das damals ein
Töchterchen (4 Jahre) und ein Sohn war, weiß
ich noch und ich freue mich, daß Sie in
Ihren Kindern das Glück wieder gefunden
haben. Nun von mir. Im Krieg war ich ein
Jahr in Russland, dann wurde ich
zurückgerufen und wir bauten die V-Waffen,
die Richtgeräte dafür und zwar in Hirschberg
im Riesengebirge (Schlesien). In Berlin
waren wir ausgebombt worden, wo ich noch
dabei war. Aus Schlesien rückten wir vor den
Russen nach Helmstedt aus. Meine Frau war
damals im Arbeitsdienst (Arbeitsmaid) bei
uns dienstverpflichtet. Ich nahm sie damals
in meine Obhut und dabei blieb es auch. 1946
heirateten wir, denn was Gott zusammen führt
in Armut soll man nicht trennen. Diese
Zusammenfügung habe ich bis jetzt auch nicht
bereut. Die Zeit die jetzt kommt möchte ich
lieber überspringen, sie war alles andere
als schön. 1950 ging ich zum Volkswagenwerk
und dann ging es auch aufwärts mit uns. Dort

bilde ich jetzt Lehrlinge aus. Habe hier
eine nette Wohnung und nach 10 jähriger Ehe
kam der Sohn Wolfgang an, nun ist auch das
Glück bei uns vollständig. Allerdings für
ein Haus konnte ich mich nicht entschließen,
habe aber schon seit mehreren Jahren ein
Auto und schaue mir die Welt etwas an. Nun
überlasse ich Ihnen ein Bild von uns, es ist
bei einer kleinen Feier im Febr. d.J.
gemacht worden, ich selber fotografiere auch
noch fleißig, aber ich mache nur
Dia-Aufnahmen, das sind Farbaufnahmen, die
man wie im Kino an die Leinwand projiziert.
Diese Bilder könnte ich dann zeigen, wenn
Sie mal uns besuchen kommen, denn meine Tür
steht für Sie immer offen. Wann ich Sie mal
aufsuchen darf, vielleicht einen Sonntag,
überlasse ich Ihnen, eine kurze Nachricht
genügt, denn mit dem Wagen ist es kein
Problem für mich. Nun möchte ich schließen
und es grüßt Sie und Ihre Familie recht
herzlichst

Ihr Kurt Sommerfeld mit Familie.

Ich kann mich an Herrn Sommerfeld von damals jedoch nicht mehr erinnern. Ich war einfach noch zu klein und es waren zu der Zeit viele Menschen bei uns auf dem Hof.

Eines Tages, als ich aus der Schule kam, suchte ich im Straßengraben Walderdbeeren. Da kam der Nachbar Podszuweit und gab mir eine große Papiertüte mit schönen großen Erdbeeren. Die Tüte weichte auf, und ich legte sie in meine hochgeraffte weiße Dirndlschürze.

Als ich zu Hause ankam, war die Schürze voller Flecken. Ich legte sie auf die Bleiche, und goss fleißig Wasser mit der Gießkanne darauf – leider ohne Erfolg. Mutti färbte mir die Schürze dann hellblau. Solche Missgeschicke konnte ich nur schwer ertragen. Eine andere Eigenheit von mir war, dass ich mir dauernd die Hände waschen wollte, obwohl sie sauber waren.

Wir besuchten einmal Tante Emma Warstat zu einer Familienfeier. Tante hatte viele Kuchen und Torten gebacken und als sie sich daran machte, die Torten in Stücke zu schneiden, hielt Manfred seine Händchen darunter, damit kein Krümelchen herunterfallen sollte. Dabei geriet er ins scharfe Messer. Ein Finger blutete und er weinte sehr. Tante Emma war sehr erschreckt und schnell wurde ein Pflaster geholt. Meine Mutter kam herbei und tröstete meinen Bruder. Und dann war es auch schon wieder gut. Das Kaffeetrinken konnte nun beginnen, es wurde lebhaft erzählt und irgendwann begann man zu singen. So war es üblich: man unterhielt sich, trank Kaffee und danach wurde gesungen. Das ging stundenlang so, bis zum Abendessen. Wir Kinder waren draußen und spielten. Ich war mit »Hände waschen« beschäftigt. Und wehe wenn ein Tropfen Wasser auf mein Kleid fiel, dann war ich untröstlich. An diesem sonnigen Tag passierte es. Ich war wohl etwas unachtsam und ein paar Tropfen Wasser verunzierten mein schönes, hellgrünes, mit buntem Blumenmuster bedrucktes Kleid. Ich seh mich noch heute da stehen, einige Meter von der Treppe entfernt, vor Entsetzen schreiend und weinend. Alle Erwachsenen kamen sofort herausgerannt, sie dachten es sei etwas Schlimmes passiert. Sie sahen mich an und versuchten mich zu trösten, was aber nicht gelang. Meine Tante hatte dann eine gute Idee: Sie füllte das Bügeleisen mit glühenden Kohlen, und bügelte mein Kleid trocken. So war der Schaden für dieses Mal behoben. Ein anderes Mal, als ein Knopf abging, musste meine Mutter ihn sofort wieder annähen. Wenn Mutter keine Zeit hatte, machte sie ihn mit einer Sicherheitsnadel fest. Dieses durfte ich aber nicht sehen, weil ich sonst wieder über die provisorische Arbeit weinte und schrie. Das war immer so.

Ein deutscher Offizier mit Namen Bayer, der zu dieser Zeit bei uns einquartiert war, mochte mich sehr gerne. Eines Tages sagte er zu meiner Mutter: »Ihre Tochter ist gar kein Kind mehr – sie ist schon wie eine richtige Dame!«

Manchmal, wenn wir Tante Emma besuchten, war es so, dass einige von uns mit dem Wagen früher zurück nach Hause fuhren, um die Tiere zu versorgen. Die anderen machten sich dann später auf den ungefähr zwanzig Minuten langen Fußweg. Eines späten Abends ging ich mit meinen Eltern diesen Weg. Etwas abseits gelegen der Dorfstraße, die eigentlich nur ein Kiesweg war, schlängelte sich ein Wassergraben, umgeben von struppigen Weiden. Ich erinnere mich noch gut daran, denn im Mondschein gaben die Weiden ein sehr gespenstisches Bild ab, und waren mir sehr unheimlich.

Hausmusik wurde in Ostpreußen sehr gepflegt. Wir hatten eine große Verwandtschaft, und dennoch verlief alles in schöner Harmonie, wenn man sich traf. Viele konnten ein Instrument spielen und auch gut dazu singen. Einer fing an und die anderen stimmten ein. Volks– und Heimatlieder wurden gesungen, so zum Beispiel:

>»Ich bin so gern, so gern daheim
>daheim in meiner stillen Klause
>wie klingt es doch dem Herzen wohl
>das liebe traute Wort: zu Hause
>wohl nirgends auf der weiten Welt
>fühl ich so frei mich von Beschwerden
>ein trautes Heim,
>ein braves Weib,
>ein herzig Kind
>das ist der Himmel auf der Erden«

Das Musizieren und Singen gehört zu meinen schönsten Erinnerungen. Es ist eine schöne Geste, die man wieder einführen sollte. Solange man in Harmonie miteinander singt, kann man über seinen Nächsten nichts Nachteiliges sagen.

Im Rossgarten an der Straße stand mittendrin ein »Kruschkebaum« (wilder Birnbaum), dessen Birnen waren nicht genießbar, sie würgten im Hals. Eines Nachmittags kamen einige Kinder vorbei, krochen durch den Zaun und stiegen auf den Birnbaum. Lothar meinte: »Jetzt holen wir Harras!«, unseren Bernhardiner. Er machte ihn los und lief mit dem Hund auf die Wiese, die Kinder rannten so schnell sie konnten auf die Straße. Sie hatten Angst vor dem großen Hund. Eines Abends waren wir alle in der Küche und Harras auch. Ich war bei meinem Vater auf dem Arm und jemand sagte, mein Vater solle mich etwas herunterlassen. Harras interessierte sich nun für mich und schnüffelte an meinen Füßen. Ich hatte Furcht und zog schnell meine Füße soweit es ging nach oben. Harras war aber ein ganz lieber Hund.

Erna, unsere Hausgehilfin hatte die Aufgabe, abends unseren Harras zu füttern, manchmal vergaß sie es. Wenn alle Lichter im Haus außer im Schlafzimmer verloschen waren, meldete sich Harras, er machte dann zweimal »Wau« und Mutti wusste, dass er noch nichts zu fressen bekommen hatte.

Musste einmal ein Baum gefällt werden, den die Großeltern gepflanzt hatten, besprachen es meine Eltern mit Großmutter. Oder sie erklärten ihr, warum es sein musste. Es gefiel mir sehr, dass es nicht einfach getan wurde, sondern dass man vorher darüber sprach.

Im Sommer braute meine Mutter immer Bier. Wir Kinder halfen beim Flaschenspülen und -abfüllen. Das Bier war ein dunkelbrauner Saft und schmeckte gut. Nur musste man beim Öffnen vorsichtig sein – nicht schütteln, sonst war die Flasche leer.

Als meine kleine Schwester etwa eineinhalb Jahre alt war, konnte sie den Namen unseres Bruders Manfred noch nicht richtig aussprechen. Es wurde dauernd geübt. Als es ihr zu viel wurde, machte sie eine wegwerfende Handbewegung und sagte: »Er heißt Manne!« So rufen wir unseren Bruder heute noch.

Wir spielten gerne im Sandkasten. Meine Tanten und ich türmten den Sand dann zu einem hohen Berg auf, sie setzen Manfred darauf und sagten: »Das ist der Erbhofbauer und Kronensohn!«

Manfred konnte das Wort »schwarz« nicht aussprechen. Er sagte stets »schraz«. Manfred spielte schon mit drei Jahren »Hänschen Klein ging allein« auf dem Klavier.

Ich erinnere mich noch daran, wie er eines Nachts ganz schlimm weinte, er hatte vom »schwarzen Mann« geträumt. Meine Mutter musste ihn trösten. Manfred hatte den Kopf voll schöner, blonder Locken. Wenn die Haare nach dem Waschen gekämmt wurden, weinte er manchmal ganz still vor sich hin. Er sah meistens blass aus, und wenn er geweint hatte, war sein Gesicht um die Augen herum ganz rot.

Oft trug Manfred das Frühstück für »Väti«, wie er unseren Vater nannte, aufs Feld. Er nahm dafür eine große Umhängetasche, und einmal steckte er das Frühstücksei in die Hemdtasche. Als er ankam, bekam er das Ei nicht mehr heraus. Es war nicht ganz hart gekocht und ging kaputt.

Manfred ging mitunter sehr weit, um seinem Vater das Frühstück zu bringen. Wenn der Weg gar zu weit war, wurde er mit seiner Tasche auf ein Pferd gesetzt und das Pferd ging im Schritt hinaus aufs Feld.

Mein Bruder und ich wischten gerne Staub auf Vaters Schreibtisch. Das hatte einen besonderen Grund. Der Schreibtisch hatte einen Aufsatz mit vielen Fächern und zwei kleinen verschließbaren Türen. Oben auf dem Sims des Aufsatzes befanden sich links und rechts je eine riesengroße Muschel. Wir kletterten dann auf den Schreibtisch, knieten uns hin und hoben ganz vorsichtig jeder eine Muschel herunter, staubten sie ab, hielten sie dann an unsere Ohren und lauschten daran.

Manfred besuchte oft meinen Großvater mütterlicherseits und meinen Onkel Franz und dessen Frau Emma Seidenberg. Großvater wohnte ebenfalls außerhalb des Dorfes, aber auf der anderen Seite. Tante Emma sendete mir später folgenden Brief:

```
Wir hatten in Staggen einen echten weißen
Spitz. Es war eine Hündin und wir nannten
sie Katrinchen. Katrinchen hatte ein sehr
```

schönes weiches Fell und war auch sehr
schlau. Wenn ich sie dann, besonders im
Winter, gebadet hatte, wickelte ich sie in
ein Tuch und dann saß sie am Ofen, oft
Stunden, bis ihr Fell trocken war. Wenn wir
verreisten, war sie immer sehr traurig, und
wenn wir wiederkamen, wußte Katrinchen vor
lauter Freude gar nicht, was sie anstellen
sollte. Sie lief dann oftmals im Hof zwei-
bis dreimal um die Runde, oder im Zimmer hin
und her, so sehr freute sie sich. Wenn
Katrinchen bellte, wußte man, daß jemand
kam. Sie war nicht bissig und freute sich
oft über Besuch. Nur wenn Kinder kamen war
sie recht ärgerlich. Wenn ihr mit euren
Eltern uns besucht habt, war Katrinchen
sofort verschwunden und ließ sich nicht mehr
sehen. Meistens kroch sie dann in Opas Stube
unter die Liege und wenn dann Manfred oder
du sie vorholen wolltet, wurde sie böse und
knurrte. Ich erinnere mich noch, du wolltest
Katrinchen einmal vorholen und mit ihr
spielen und da hat sie dich in den Finger
gebissen. Und du hast so sehr geweint und
der Finger musste verbunden werden. Wir
haben alle einen Schreck bekommen, aber es
war denn doch nicht schlimm. Wenn ihr dann
alle wieder abgefahren seid, kam unser
Katrinchen zum Vorschein und freute sich,
daß sie dann wieder im Mittelpunkt stand.
Einige Tage vor der Flucht war unser
Hündchen verschwunden. Habe noch überall in
den Ställen und in der Scheune nachgesucht,
aber sie nicht gefunden. Sicherlich war sie

doch irgendwo gestorben, denn sie war
allerdings auch schon zehn Jahre alt.

Man hatte in dieser Zeit durchaus seinen Spaß, und Tante Emma Seidenberg war recht lebenslustig. Sie schrieb mir folgenden Erlebnisbericht:

An einem Sonntag im September, ich glaube es
war im Jahre 1940, fuhren deine Eltern,
Onkel Franz und ich und auch mein Bruder mit
Frau nach Königsberg zur Messe. Als wir da
ankamen, war die Messehalle mit Menschen
überfüllt. Man konnte sich kaum weiter
bewegen. Von der Ausstellung haben wir nicht
viel gesehen, man drückte sich nur so
langsam durch die Massen. Ich denke noch so
oft daran, dein Vati hatte einen kleinen
Koffer in der Hand, und der war im Gedränge
wie ein Brett zusammen gedrückt. Wir Frauen
wollten ja, nachdem wir uns ein paar Stunden
da durchgedrängt hatten, am liebsten wieder
nach Hause fahren oder wenigstens gleich
nach dem Mittag, aber die Männer hörten ja
nicht auf uns. So fuhren wir erst abends mit
dem letzten Zug, der nach Insterburg ging
und der hatte noch Verspätung und so kamen
wir erst um Mitternacht in Insterburg an und
unsere Anschlusszüge nach Lindicken und
Berschkallen waren weg. Die ganze Stadt war
verdunkelt und nun wohin? Unsere Männer
meinten, wir sollten im Hotel übernachten
und sie wollten sich von Bekannten, die bei

der Bahn angestellt waren, Räder leihen und mit nach Hause fahren. So haben wir es dann auch gemacht. Wir Frauen gingen in zwei Hotels, aber alles besetzt. Meine Schwägerin meinte dann, wir gehen zu ihrer Schneiderin, wo sie gelernt hat, da können wir bestimmt übernachten. Gut, wir gingen dort hin. Im Flur klingelten wir, aber niemand meldete sich. Dann klingelten wir an einer anderen Tür und ein Mann machte auf und sagte uns, daß die Frau nicht zuhause ist, und als wir uns da noch unterhielten, schloß jemand von der Wach- und Schließgesellschaft die Haustür ab und wir standen nun im Flur. Was jetzt? Wir klingelten wieder an einer anderen Tür und wollten doch bitten, daß jemand kommt und uns ins Freie läßt. Da machte wieder ein Mann die Tür auf, schimpfte uns erst tüchtig aus, wegen Ruhestörung und kam und ließ uns doch endlich raus. Am Ausgang nach der Straße waren drei Stufen, die hatte ich vorher gar nicht bemerkt. Ich ging zuerst raus und flog gleich von der Haustür aufs Steinpflaster und Mutti und meine Schwägerin auf mich rauf. Ich hatte mir die Knie sehr kaputt geschlagen, konnte aber Gott sei Dank gehen und Mutti und meiner Schwägerin war nichts passiert. Nun wieder die Frage wohin? Meine Schwägerin meinte, wir gehen wieder zum Bahnhof, da ist ihr Bruder und sein Kollege, den wir auch alle kannten, und die müßten für Übernachtung sorgen. Wir zogen wieder los. Meine Schwägerin meinte ja, sie wüßte

in Insterburg besser Bescheid als wir, weil
sie da gelernt hatte. Sie führte uns die
nächste Straße zum Bahnhof, wo uns allerlei
widerfuhr. Es war ja so dunkel und man
konnte ja nichts sehen. In der Zeit waren
viele Zäune von den Vorgärten an den Häusern
abgerissen und nur die Zementsockel waren
geblieben. Ich ging voran, glaubte schon auf
der Straßenseite zu sein aber nein, stieß
gegen die Zementmauer und flog kopfüber in
einen Rosenbusch und die beiden über mich
rüber. Ich hatte mir nun richtig die Knie
aufgerissen, die Strümpfe total kaputt, das
Gesicht alles zerkratzt und die Haare
ausgezottelt. Meine Schwägerin hatte ein
blaues Auge und die Lippen ganz dick, zum
Schreien. Deine Mutti war noch am besten
abgekommen. Sie meinte erst, sie hätte sich
das Kostüm zerrissen, denn die Flicken
hingen ihr bis auf die Füße, aber das war
dann der Schal, der runterhing, im Dunkeln
kann man doch nicht sehen. Jetzt waren wir
erst böse auf unsere Männer, daß sie nicht
früher mit uns aus Königsberg abgefahren
waren. Wir gingen nun weiter und da am
Bahnhof Licht war, haben wir uns erst
richtig besehen, was uns alles passiert war.
Da wurden wir auch erst gewahr, daß es bei
deiner Mutti der Schal war der vorne lang
runterhing und nicht Flicken vom Kostüm. Wir
gingen nun ins Bahnhofsgebäude rein und
trauten unseren Augen nicht. Da saßen ganz
vorne an einem Tisch unsere lieben Männer
beim Gläschen Bier. Wir hatten ja geglaubt,

die sind längst in Staggen. Als sie uns sahen, riefen sie vergnügt, wo kommt ihr denn her? Wir dachten, ihr seit schon lange im Bett. Dabei waren wir doch fast die ganze Nacht umhergeirrt. Wir mußten teils lachen, teils weinen über unsere Wehwehchen. Dann kamen noch der Bruder und sein Kollege Bruno Dannenberg aus Treinlauken, den wir ja auch alle kannten und wollten uns bewirten, aber wir mochten nichts essen und nichts trinken. Ich weiß noch, Bruno Dannenberg hat sich bald kaputt gelacht über uns. Da wurden wir aber erst sauer. Die Beiden haben uns dann ihre Betten zur Verfügung gestellt, weil sie Nachtdienst hatten und wir haben denn noch ein paar Stunden geschlafen. Dein Papa, Onkel Franz und mein Bruder fuhren doch noch tatsächlich per Rad nach Hause. Am anderen Morgen kamen wir denn so zerrissen zu Hause an, Onkel Franz und Opa hatten schon ein Schwein geschlachtet und nun gings ans Wurstmachen. So war unsere Fahrt nach dem schönen Königsberg beendet. Wir haben noch oft daran gedacht und viel gelacht.

Eines Tages war meine kleine Schwester verschwunden. Wir suchten sie verzweifelt, alle liefen über den Hof, durch die Gebäude, durch den Garten – Puttchen, wie Mutti sie liebevoll nannte, blieb verschwunden. Es war sehr heiß an diesem Tag, und plötzlich fiel Mutter auf, dass Harras ganz aufgeregt und schwanzwedelnd vor seiner Hütte auf und ab lief. Wo er sonst bei solch einer Hitze immer seine schattenspendende Hundehütte aufsuchte. Als sie nachsah, was der Hund wohl habe, entdeckte sie unser geliebtes Puttchen, schlafend auf dem Stroh in der Hütte.

Pfingstsonnabend sägte mein Vater immer große Zweige von den Birken ab und schmückte damit das ganze Haus und den großen Landauer, mit dem wir dann auch zur Kirche fuhren. Einmal im Jahr fuhren wir zu Verwandten nach Uszlöknen. Es war eine schöne, lange Fahrt durch große Waldgebiete. Wir fuhren ziemlich früh los und es war dann manchmal noch sehr kühl. In einem Jahr waren gerade die Walderdbeeren reif, und Onkel Leo führte uns zu den Stellen, wo sehr viele standen.

An einem Sonntag im Sommer fuhren wir mit dem Landauer zum Moorbad Waldfrieden. Dort gab es mehrere Kurhäuser, in denen Ärzte und Pflegepersonal tätig waren, außerdem viele Gewächshäuser zur Versorgung der Kurgäste, und einen kleinen Tierpark. Zu dieser Ausfahrt bekam ich meinen ersten Strohhut mit rotem Band, worauf ich sehr stolz war. Unsere Fahrt führte uns für etwa drei Kilometer durch das Moor. In Waldfrieden gab es immer viele Festlichkeiten und am Himmelfahrtstag begann die Tanzsaison.

Bei Gewitter setzte sich die Großmutter mit uns Kindern auf die Ofenbank und sang mit uns Lieder aus dem Reichsliederbuch. Zum Beispiel:
»Gott ist die Liebe, lässt mich erlösen,
Gott ist die Liebe, er liebt auch mich.«
Oder :

>   »Harre, meine Seele, harre des Herrn,
>   alles ihm befehle, hilft er doch so gern,
>   Sei unverzagt, bald der Morgen tagt,
>   und ein neuer Frühling folgt dem Winter nach.
>   In allen Stürmen, in aller Not wird er dich beschirmen,
>   der treue Gott«

In der dunklen Jahreszeit, wenn die Dämmerung hereinbrach und meine Eltern noch draußen arbeiteten, sagte Großmutter: »Kommt, wir machen Schummerstunde.« Im Kachelofen brannte ein Feuer, und in der Stube war es warm und gemütlich. Großmutter sang mit uns. Wenn die Eltern dann ins Haus kamen, wurde die Petroleumlampe, die immer auf dem Tisch stand, angezündet. Der Glaszylinder musste jeden Morgen geputzt werden. Die Pfosten für eine Stromleitung an der Straße gab es zwar schon, aber es waren noch keine Leitungen vorhanden.

Meine erste traurige Erfahrung als Kind war dann der Tod meiner Großmutter. Das Haus war voll mit Verwandten und Nachbarn, und alle waren völlig verändert. Ich fragte meine Mutter: »Warum sind alle so anders und nicht froh wie sonst?« Mutti sagte: »Großmutter ist tot.« Sie ging mit mir in das Soldatenzimmer, wo Großmutter aufgebahrt war. Ich schaute Großmutter im offenen Sarg an und konnte nichts begreifen. Nach der Trauerfeier wurde der Sarg nach draußen gebracht und schließlich unter unseren Kastanienbäumen auf den mit schwarzen Tüchern versehenen Wagen gehoben. Der Friedhof lag außerhalb des Dorfes und war von großen Tannenbäumen umrandet.

Die allerschönsten Erinnerungen habe ich an den Winter. In Ostpreußen gab es viel Schnee, und den mochte ich sehr. Bisweilen wurde es grimmig kalt, aber bei »Stiemwetter«, wie wir das Schneegestöber auch nannten, blieben wir Kinder lieber in der warmen Stube. Die Erwachsenen wärmten sich mitunter auch »von innen«. Dazu gab es ein Ostpreußisches »Rezept« für die Zubereitung von Grog, welches denn auch lautet:

»Rum muss
Zucker kann
Wasser braucht nicht«

Manfred litt im Winter manchmal darunter, dass ihm über Nacht ein Auge verklebte. Er bekam es nicht auf, selbst durch Auswaschen mit Wasser nicht. Mutti machte dann Kamillentee und tupfte das Auge vorsichtig damit ab, bis er es wieder aufbekam. Eines Morgens aber waren beide Augen verklebt und Manfred sagte: »Mutti, heute sind meine beiden Augen zugefroren!«

Bei sehr großer Kälte wurden die Küken ins Haus geholt. Der Kachelofen hatte unten ein etwa 10 cm hohes Fach zum Pantoffeln wärmen. Nun wurde vor dem Ofen aus Holzscheiten eine Abgrenzung aufgebaut, und die Küken vor den Ofen gesetzt. Nachdem sie hart gekochtes Ei, ganz klein gewürfelt, zu essen bekommen hatten, krochen sie in das Ofenfach. Das Piepsen der vielleicht dreißig Tierchen wurde immer leiser, bis gar nichts mehr zu hören war. Dann bildeten sie einen sehr behaglich aussehenden, gelben Flauschteppich.

Wenn Mutter kochte, waren wir auch gerne in der Küche. Wir nahmen uns dann zum Beispiel einige Holzscheite aus der Kiste und legten sie auf dem Boden aus, so dass sich abgeteilte Rechtecke ergaben. Das waren unsere »Ross- und Viehgärten«, Kastanien waren die Tiere. Oder wir setzten uns auf die Holzkiste, wenn Mutti den Schmortopf auf dem Herd hatte. Der Topf machte stets ein laut schnarrendes Geräusch. Wir sagten dann: »Wir fahren Zug, das ist unsere Lokomotive.«

Die großen Hecken und der ganze Hof waren oft tief verschneit. Vom Haus zu Stall und Scheune wurden Gänge geschaufelt. Manchmal waren die Schneewände links und rechts so hoch, dass ich nicht mehr darüber hinausschauen konnte. Dann war ich gespannt, wer mir wohl entgegen kommen würde, wenn ich Schritte hörte. Sonntags fuhren wir mit dem Pferdeschlitten in die Kirche. Einer aus der Großfamilie blieb zu Hause, um das Mittagessen zu bereiten und nach den Tieren zu schauen. Nur wenn das Wetter ganz schlecht war – so dass man keinen Hund vor die Tür jagen konnte – wurde nicht gefahren. Wir versammelten uns dann in Großmutters Stube und feierten dort unseren Gottesdienst. Mutter las die Predigt aus dem großen, mit wunderschönen, bunten Bildern versehenen Predigtbuch vor. Wir sangen einige Lieder und beteten.

Aber meistens fuhren wir in die Kirche. Um uns warm zu halten, waren wir in dicke Pelze und Felldecken gehüllt. An den Füßen hatten wir »Wärmekruken« (eine Art Wärmflasche aus Metall oder Ton). Ich zog mir immer meinen langen, lila-braun-farbenen Schal an. Damit bedeckte ich Nase und Mund und auch die Stirn. Wir Kinder bekamen noch heiße Ziegelsteine, die wir unter unsere Decken nahmen. Die Frauen steckten ihre Hände in den »Muff«. Die Pferde trugen große Glocken am Zaumzeug, und mit Glockengeläut begann dann auch die schöne Fahrt durch die verschneite Landschaft. Im Gasthof Rautenberg wurden die Pferdeschlitten in einen dafür vorgesehenen Schauer eingestellt, und nach dem Gottesdienst ging es im Trab mit dem Schlitten wieder nach Hause.

Sonntag nachmittags spannten meine Tanten die Lotte vor den kleinen Schlitten. Dieser war wie ein Rodelschlitten, nur breiter und länger, es hatten etwa sieben Personen Platz darauf. Die Tanten fuhren mit uns durch die Rossgärten. Mit Vorliebe zogen sie die Kinder vom Schlittten, und wir kullerten in den tiefen Schnee, was uns aber nicht viel ausmachte. Wir bauten auch große Schneemänner. Die hatten eine Mohrrübe als Nase; Augen und Knöpfe waren aus Kohlestückchen, und mitunter bekam einer einen Topf als Hut.

Im Winter versuchten wir manchmal, auf unserem Teich zu schorren, aber wir mussten immer fragen. Einmal war das Eis nur so dick wie Fensterglas. Wir bettelten Tante Maria so lange an, bis sie sich lange Stiefel anzog, um das Eis zu prüfen. Sie ging dafür schnell quer durch den Zuflussgraben, das Eis hielt natürlich nicht. Wir waren zwar enttäuscht, aber überzeugt. Über die Winter schrieb mir Tante Anneliese später:

```
Ostpreußische Winter - 20 bis 30 Grad,
zeitweise sehr schnell 40 Grad und
schneereich. Es war aber nicht jedes Jahr
gleich kalt. Zäune und Hecken, alles war mit
Schnee verdeckt, die Kinder bauten sich
Schneehöhlen so hoch, daß sie aufrecht darin
gehen und spielen konnten - herrlich! In der
Schulzeit haben wir Schlittenfahrten
gemacht, jedes Kind brachte einen
Rodelschlitten mit, sie wurden aneinander
```

gebunden und dann ein Pferd davor gespannt –
war ein wunderbares Erlebnis. Bei 40 Grad
Frost wurden wir Kinder mit dem Schlitten
zur Schule gebracht und abgeholt. Da fuhr
z.B. unser hiesiger Dentist aus Aulenbach
mit, er schloß seine Praxis und fuhr bis zu
einem Freund, übernachtete und früh stieg er
wieder zu – er war Junggeselle. Unser
Schlitten kam ihm sehr gelegen – ich ging zu
der Zeit nach Aulenbach zur Schule.

Wenn die Männer bei Frostwetter im Wald Holz einschlugen, bekamen sie immer »Kleinmittag« mit, schönes Schwarzbrot mit dick Butter darauf und oben nochmals mit kleingeschnittenen Speckwürfeln belegt. Das schmeckte ganz hervorragend. Abends brachte uns Vater von der Arbeit übriggebliebenes Brot nach Hause, das nannten wir dann »Haskebrot« (Hasenbrot). Voller Erwartung schauten wir unseren Vater an.

Unser Nachbar Pirax half, wenn er gebraucht wurde, gerne. Er war ein strahlender, gemütlicher, älterer Herr und ich mochte ihn sehr. Abends, wenn er sich auf der Ofenbank ausruhte, kämmte ich ihm mit einer Drahthaarbürste das Haar und band ihm bunte Schleifen ein. Mutti sagte, ich solle aufhören, er aber lächelte und meinte, ich könne ruhig weiter kämmen.

Ganz besonders gerne erinnere ich mich an die Vorbereitungen auf das Weihnachtsfest. Vor Weihnachten war es stets geheimnisvoll, spannend und ungeheuer aufregend für uns. In der Adventszeit wurde in jeder Familie gebastelt, gestickt und gewebt. So entstanden etwa die wunderschönen »Flickendecken«, in Bayern und Österreich heißen diese »Fleckerl«. Auch sehr hübsche Pantoffeln aus Filz, mit einer »Troddel« (Bommel) obendrauf, wurden gemacht. Es geschah alles heimlich, der zu Beschenkende durfte nichts davon erfahren. So war es eine spannende, aufregende und erwartungsvolle Zeit. Zum Advent flochten meine Tanten einen herrlichen, großen Kranz aus Tannengrün. Er hatte breite, rote Schleifen und Kerzen. Ins Innere des Kranzes legte man Weidenreifen, um ihm Halt zu geben. Bei allen Festen war gutes und reichliches Essen wichtig. Und so wurden in der Vorweihnachtszeit Schweine geschlachtet und mit Salpeter, Zucker und Salz eingepökelt. Dann war die ganze Küche voll schwarzen Qualms und beißenden Geruchs. Am nächsten Tag wurde Wurst gemacht und es gab frische Leberwurst und Wurstsuppe zum Essen. Ein großes Ereignis war die Marzipanherstellung. Zunächst bekamen wir alle eine weiße Schürze umgebunden. Beim Lampenschein in der Stube wurden erst die Mandeln, die süßen und auch einige bittere, gebrüht, gehäutet und gemahlen. Dann kam gesiebter Puderzucker und Rosenwasser hinzu, dies wurde dann alles verknetet bis eine geschmeidige Masse entstand, und einige Stunden kalt gestellt. Später wurden kleine Kugeln aus der Masse geformt und in Kakaopulver gerollt.

Hiernach ging es ans Plätzchenbacken. Wir Kinder wollten immer helfen, denn wir naschten gerne vom Mürbeteig. Wenn der Teig mit dem Nudelholz ausgerollt war, nahmen wir die verschiedenen scharfen Blechformen, tauchten sie kurz in Mehl, damit der Teig nicht kleben blieb, und stachen aus. Es gab Kreis-, Stern-, Herz- und Viertelmondformen. Die Kunst war es, so auszustechen, dass möglichst wenig neu ausgerollt werden musste. Schließlich legte Mutti unsere Kunstwerke aufs Blech. Unterdessen bullerte der Ofen. Dann wurde die Glut entfernt, die Backröhre sauber gefegt und das Backen konnte beginnen.

Anschließend kam Pfefferkuchenbacken an die Reihe. Davon wurde eine Unmenge hergestellt, richtig große Bleche. Oben auf die Kuchen kamen Kürbiskerne oder Mandeln. Nicht zu vergessen sind der wunderbare Mohnkuchen, der »Glumskuchen« (Quarkkuchen) und die »Raderkuchen« (Fettgebäck). Weihnachten war stets ein bedeutendes Fest. Wir hatten dann viele Gäste, denn die Gastfreundschaft wurde bei uns sehr gepflegt. Am Heiligen Abend traf sich die Großfamilie in der »guten Stube«, wo der große und festlich geschmückte Baum stand. Dann wurden die Kerzen am Baum angezündet und man sang Weihnachtslieder.

Plötzlich ein Poltern und Rumoren, mit einer Kuhglocke läutend tritt der Weihnachtsmann ein. Er trägt einen langen weißen Bart und ist in einen Pelz gehüllt, auf dem Rücken schleppt er einen großen Sack. Mit der langen Rute in der Hand nimmt er eine bedrohliche Haltung ein. »Wohnt hier die Helga, der Manfred, das Puttchen und der Lothar?« dröhnte der Weihnachtsmann dann.

Ich hatte große Furcht, denn jetzt mussten wir unsere Gedichte aufsagen. Obwohl ich mein Gedicht wochenlang gelernt hatte, blieb ich vor Aufregung stecken, aber Mutti half mir zum Glück weiter. Als Tante Helene den Weihnachtsmann in den Pelz zwickte, drehte der sich schlagartig um und drohte mit der Rute. Ich war froh, wenn der Weihnachtsmann wieder fort war und wir spielen konnten. Mein Bruder meinte: »Komisch, der Weihnachtsmann hatte Opa Baltruweits Stiefel an.« »Opa« Baltruweit war ein guter Freund meines Vaters und später erfuhren wir, dass er immer den Weihnachtsmann gespielt hatte.

Weihnachten 1943 bekam ich eine große Puppe und eine schöne Puppenstube – um die Puppe habe ich viele Jahre getrauert, denn Weihnachten 1944 waren wir schon nicht mehr zu Hause. In diesem letzten Jahr, in dem wir Weihnachten daheim feiern konnten, hatte ich zudem die Masern, und konnte das Fest nicht richtig genießen. Mir verschwamm alles vor den Augen und ich musste früh zu Bett. Zwischen Weihnachten und Neujahr fand das sogenannte Federnreißen statt. Um diese Zeit waren alle Gänse geschlachtet, das Fleisch eingeweckt oder eingesalzen, die Töpfe mit Gänseschmalz und Hackfett standen in der Speisekammer, Gänsebrüste und - keulen baumelten im Rauch. Die Federn wurden in Beuteln aufbewahrt. Gegenseitig wurden die Frauen und Mädchen aus der Nachbarschaft zum Federnreißen eingeladen. Es wurden dann von den Nachbarn Tische und Stühle zusammengeholt und eine lange Tischreihe aufgestellt. Die Federn verteilte man auf die Tische, die Frauen setzten sich und streiften die

Federn von den Kielen. Die Kiele warfen sie unter den Tisch. Bei dieser Arbeit musste es sachte zugehen, sonst wäre alles weggeflogen. Die meisten Männer gingen weg, weil sie sagten, das sei Frauenarbeit. Aber es gab auch welche, die den ganzen Abend mitstreiften. Andere setzten sich hin und spielten uns etwas auf der Ziehharmonika vor, damit wir ein bisschen Unterhaltung hatten. Jeder, der hereinkam, musste wenigstens drei Federn reißen, und so die Arbeit ehren. Sonst wurde ihm ein Federsack über den Kopf gezogen. Frau Kraus hatte nicht viel Lust zum Federnreißen, sie sagte: »Ich geh schlafen, weckt mich man zum Essen.« Denn zu später Stunde gab es warmes Abendessen, Entenbraten, Rotkohl und Kartoffeln.

Eines der schönsten Feste war das Osterfest. In der stillen Woche wurde möglichst wenig Hausputz gemacht. Gründonnerstag war bereits Feiertag und zum Nachmittagskaffee gab es Raderkuchen und Kringel. Der höchste Feiertag war der Stillfreitag (Karfreitag), an dem wir immer zur Kirche fuhren und uns auch schwarz kleideten. Es war ein sehr besinnlicher Tag. Mittags gab es Fisch. Dann kam der Sonnabend mit den vielen Vorbereitungen auf das Osterfest. Am ersten Feiertag bekamen wir viel Besuch, es gab reichlich zu essen und zu trinken. Am zweiten Feiertag fuhren wir oft zu Verwandten. Ein Brauch war »Schmack Ostern«. Elfriede und Anneliese, die Töchter von Opa Baltruweit, kamen dann morgens mit einem Strauß Birkenreiser auch zu uns, hoben die Bettdecken an und kitzelten uns die Füße und die Beine. Dazu sagten sie einen Vers auf:

»Schmack Oster
bunt Oster
paar Eier Stück Speck
vom Kuchen ne Eck
dann gehn wir erst weg«

Schon Wochen vor dem Fest wurde darüber gesprochen, aus welchem Material wir unsere Nester bauen sollten, und wo wir sie am besten verstecken könnten, damit der Osterhase sie auch fände. Komischerweise fand der Osterhase die Nester ausnahmslos, obwohl sie immer woanders waren. Wie er das machte, konnte ich mir nicht erklären. Nachdem der Osterhase ein Nest gefunden hatte, schaffte er es an einen anderen Ort und füllte es mit herrlich bunt gefärbten Eiern und anderen kleinen Kostbarkeiten. Mitten im Rasen stand ein großer Lebensbaum, und da war mein Nest mit den bunt gefärbten Eiern, lila, grün, blau, orange. Alle riefen und redeten auf mich ein, aber ich sah das Nest nicht. Manchmal hatte der Osterhase das Nest bis ganz unten zur Bleiche, unter die drei rotbraunen Haselnusssträucher getragen.

Die Haushaltsgehilfin Erna, eine Halbwaise, die wir bei uns als Pflegetochter aufgenommen hatten, bekam auch Ostereier und eine schöne neue Schürze. Sie konnte sich darüber unglaublich freuen. Sie hatte noch eine Mutter, zu der sie aber auf keinen Fall zurück wollte. Als ihre Mutter einmal zu Besuch kam, weinte und schrie Erna und lief davon. Wir mussten stundenlang nach ihr suchen.

Opa Baltruweit

Weiterhin wichtig für meine Entwicklung war Opa Baltruweit und seine Tochter Elfriede. Wobei der Titel »Opa« eigentlich falsch war. Er war ein guter Freund meines Vaters und stets zur Stelle, wenn er gebraucht wurde. Er wohnte im Moor, wo er eine kleine Landwirtschaft betrieb. Gleich angrenzend hatten auch wir unser Stück Moor. Im Sommer wurde Torf gestochen. Man stach ein quadratisches Loch aus, und der Torf kam in Holzformen. War er dann etwas getrocknet, hob man die Formen heraus, und der Torf wurde in Pyramiden zum Trocknen aufgestapelt. Im Winter wurde der Torf dann in der Küche verheizt.

Elfriede war ebenso ruhig und freundlich wie ihr Vater. Wenn bei der Ernte die Arbeit drängte und Mutter mit aufs Feld musste, passte Elfriede auf uns Kinder auf. Auch zum Einkaufen bei Rautenberg im sechs Kilometer entfernten Kirchdorf Aulenbach wurde Opa Baltruweit geschickt. Rautenberg war ein für damalige Verhältnisse riesiger Kolonialwarenladen mit Gaststätte und großem Saal für Festlichkeiten. Ich kann mich noch gut daran erinnern, denn ich war einige Male mit meinem Vater dort. Was es da nicht alles zu sehen gab! Das schöne, geschliffene, hohe Bonbonglas mit dem köstlichen Inhalt, das verführerisch von der Tonbank herunterlachte. Da hingen auch Kuhketten, Peitschenschnüre, ganze Rollen von Draht und dergleichen. In einem kleinen, dunklen Nebenraum dann die verschiedenen Fässer mit Heringen, Maschinenöl, Wagenschmiere, Sämereien, Holzklumpen und vielem mehr. Nach unserem Einkauf ging mein Vater mit mir in die Gaststube, und sogleich rief eine fröhliche Runde, meinem Vater zuprostend: »Fritz, Fritz!« In unserer Heimat wurde sehr hart gearbeitet, aber auch gerne gefeiert.

Als nun Opa Baltruweit bei Rautenberg war, traf er viele Bekannte, mit denen er erstmal einen zu sich nahm. Wir spielten gerade im Sandkasten, als er dann mit dem Pferdewagen auf unseren Hof gerast kam. Wir bekamen einen riesigen Schreck, denn er steuerte direkt auf die schwere, schwarze Kellertür zu. Die Pferde rissen im letzten Augenblick den Wagen herum. Das Eingekaufte jedoch flog durcheinander. Zuckertüten barsten, Marmeladengläser platzten und einiges mehr.

Opa Baltruweit war sehr aufgeregt und gab Mutter viele gute Worte »Nu schimpe se man nich!« Anschließend setzte er sich ins Esszimmer, um sich auszunüchtern, denn so wollte er seiner Frau nicht unter die Augen treten. Mutti brachte das Eingekaufte, soweit es ging, wieder in Ordnung.

Später war Opa Baltruweit schon im Westen in Freiheit, als er erfuhr, dass wir noch in Ostpreußen sind. Da nahm er zwei seiner Söhne, Gerhard und Heinz, um uns aus Ostpreußen herauszuholen. Die Polen nahmen Opa Baltruweit die Söhne weg. Er kam alleine nach Ostpreußen und wollte uns nach dem Westen holen, was leider nicht ging. Auch er musste auf der Kolchose in Wasserlacken arbeiten, besorgte aber für uns, was er konnte. Eines Tages besuchten wir Kinder Opa Baltruweit, er verwöhnte uns sehr. Er hatte sehr viel Fleisch, was eine Seltenheit war, und wir sollten unserer Mutter sagen, er hätte ein Reh geschossen. Ich aß nur widerwillig das Fleisch und glaubte nicht an Rehbraten, sondern dachte an Hundefleisch. Ich ekelte mich sehr.

Von Natur aus war ich nicht misstrauisch, aber damals ging die Rede um, dass Hundefett gegen TB helfen solle. Opa strahlte uns mit seinen schönen blauen Augen an, und freute sich, uns etwas Essbares zu bieten. Wo wir doch viel hungern mussten. Er wollte dann zu uns nach Aulenbach ziehen, besorgte sich ein halb verhungertes Pferd und einen klapprigen Wagen, und lud seine Habseligkeiten auf. Als die Russen das merkten, kamen sie, und luden alles wieder ab. Sie sagten:»Du Spezialist, gut rabotti, nix paschlie!« Er musste dort bleiben und die Pferde versorgen. Eines Tages wurde er von einem Pferd geschlagen und so schwer verletzt, dass er daran starb. Er wollte meiner kranken, schwachen Mutter helfen, und musste dafür sein Leben lassen. Welch ein Freund!

Als wir später in Sachsen waren, schrieb meine Mutter Frau Baltruweit an. Folgende Antwort erhielten wir.

Liebe Frau Kaupat, danke Ihnen von ganzem Herzen für ihre lieben Zeilen, sie glauben nicht, wie ich mich gefreut habe, ist es doch ein Hauch der lieben Heimat. Wiederum hat Ihre Nachricht mich in Trauer versetzt, denn wir wußten nicht, daß mein Mann tot ist. Wir hatten aber eine Ahnung, denn auf unser Schreiben hat er sich nicht einmal gemeldet. Wie sind Sie liebe Frau Kaupat zu unserer Anschrift gekommen? Nun bitte ich sie von ganzem Herzen, teilen Sie uns doch die näheren Einzelheiten von meinem Mann, von Ihnen und Ihrer lieben Familie mit. Daß sie Ihre Kinderchens um sich haben ist auch ein großer Trost in dieser Verlassenheit. Papa ging nach Ostpreußen und mußte Gerhard und Heinz in Polen zurücklassen. Heinz wurde später entlassen und Gerhard mußte dort

bleiben bekam nicht raus. Er wird im August
schon 18 Jahre, der arme Junge wird auch was
erzählen können, wenn er noch am Leben ist.
Habe ihn schon durchs Rote Kreuz wegen
seiner Entlassung suchen lassen, bis jetzt
ohne Erfolg. Werner ist in England, der hat
sich nach seiner Entlassung schon fürs
zweite Jahr als Zivilist verpflichtet.
Weihnachten war er im Urlaub uns besuchen –
das war eine Freude, ein Wiedersehen nach 6
langen Jahren – er sieht sehr gut aus. So
viele Kinder habe ich, und doch stehe ich
mit den beiden Mädels, Elfriede und
Anneliese, allein da – müssen sehen wie wir
uns durchkämpfen. Nun wie geht es Ihnen
denn, liebe Frau Kaupat, und den
Kinderchens, ist wenigstens alles gesund?
Von Ihrem lieben Mann haben sie wohl auch
noch keine Nachricht? Es sind ja noch so
viele in Gefangenschaft. Es ist doch
möglich, daß Ihr Mann noch unter denen ist.
Was ist doch nur aus uns geworden – arme,
elende, gehetzte Menschen sind wir,
heimatlos auseinandergerissen, einer weiß
vom andern nichts. Ihr schönes Heim, liebe
Frau Kaupat, wie mög das da jetzt aussehen?
Es sind Tage wo man verzweifelt denkt, Gott
im Himmel nocheinmal, nur die liebe Heimat
sehen. Nun, liebe Frau Kaupat, will ich
aufhören, ich bin wirklich müde – andermal
mehr. Viele liebe herzliche Grüße Ihnen
sowie den Kindern von ihrer

Emma Baltruweit

Verlust der Geborgenheit

Mein Vater wurde am 17.8.1939 eingezogen. Tante Emmi, eine Schwester meines Vaters, und ihr Sohn Lothar waren wieder zu uns auf den Hof gezogen. Die Gaststätte und den Laden, den sie mit ihrem Mann Gustav Gregel betrieben hatte, musste sie aufgeben, nachdem Onkel Gustav ebenfalls eingezogen worden war. Tante Emmi bekam vom Bürgermeister Knoblauch den Auftrag, die Bewirtschaftung unseres Hofes zu übernehmen. Dazu wurden uns zwei polnische Gefangene zugeteilt. Senon, er arbeitete auf dem Hof und auf dem Feld, und Lena, sie arbeitete als Haushaltshilfe. Lena war sehr lieb zu uns und zu Mutter, und meiner Mutter eine äußerst große Hilfe im Haushalt. Zum Beispiel schaffte sie es, in kürzester Zeit eine große Schüssel Kartoffeln für die berühmten ostpreußischen Kartoffelklöße mit Zwiebelsoße zu reiben. Außerdem arbeitete sie nachmittags noch auf dem Feld.

Lena hatte einen großen Holzkoffer, der mit einem Vorhängeschloss abgesichert war, mitgebracht. Irgendeiner, ich weiß tatsächlich nicht mehr, wer das war, öffnete den Koffer gewaltsam. Aber jeder Verdacht war unbegründet, im Koffer waren nur ihre Sachen. Ich verstand damals überhaupt nicht, was da vor sich ging. Es gab einen Soldaten bei uns, den ich gar nicht mochte, der nicht so offen und aufrichtig war wie die anderen. Damals hätte man gesagt: »Der ist nicht ganz reell.« Möglicherweise ging diese Machenschaft auf ihn zurück.

Senon war sehr geschickt, er konnte sogar die Maschinen und Geräte reparieren. Lena hatte ein Zimmer im Haus. Senon bewohnte das Gästezimmer, welches sich in einem Nebengebäude befand. Dieses lag zwischen Keller und Schauer und hatte ein großes Fenster zum Hof. Sonntags kamen die Polen von anderen Gehöften, um Senon zu besuchen. Dann sangen und musizierten sie, was mir sehr gefiel. Ich stand auf dem Hof und lauschte, hinzugehen traute ich mich aber nicht. Irgendjemand zeigte uns an, und die kleinen Feiern durften nicht mehr stattfinden.

Im Jahre 1944 wurde Senon nach St.Georgenburg in ein Gefangenenlager beordert. Dort arbeitete er als Aufseher oder Dolmetscher. Wenn er konnte, besuchte er uns. Einmal, als meine Mutter sieben Brote gebacken hatte, kam Senon gerade. Als er die vielen Brote sah, bat er um etwas Brot, denn wo er sei, gäbe es nur sehr wenig zu essen. Mutter sagte, er dürfe alle Brote mitnehmen, sie würde neue backen. Senon sagte, er könne nur soviel mitnehmen, wie er unter dem Mantel verstecken kann, und nahm ein halbes Brot mit.

Als Onkel Gustav Gregel einmal Fronturlaub hatte und nach Hause kam, nahm er Puttchen voller Freude hoch. Wir standen gerade alle zusammen in der Küche, als er plötzlich rief: »Wir werden sie Uschi nennen! Uschi ist so schön.« Von da an riefen wir meine Schwester Brunhild nur noch Uschi. Onkel Gustav war ein sehr lebenslustiger, unterhaltsamer Mensch.

Zwar lebten wir 1944 noch wie im Frieden, aber zu dieser Zeit herrschte bereits große Unruhe. Viele Menschen aus den Grenzgebieten waren bereits auf der Flucht. Unser Hof war voll mit flüchtenden Familien und sich auf dem Rückzug befindenden Soldaten. Einmal nahmen wir eine Familie auf, die im Wohnzimmer unterkam. Die sehr achtsame Frau wollte den Teppich aufrollen, damit sie nichts schmutzig machen würden. Mutter sagte ihr, sie könne den Teppich liegen lassen, denn es sei ohnehin alles verloren. Die Front war mittlerweile keine fünfzig Kilometer mehr entfernt. Einer der Soldaten, die bei uns unterkamen, setzte sich ans Klavier und begann zu spielen. Traurige Lieder – die ganze Nacht hindurch. Durch Offizier Bayer erfuhr meine Mutter, dass die Lage bereits äußerst kritisch war. Jedoch war uns die Flucht durch den Gauleiter Erich Koch verboten, und unter strenge Strafe gestellt worden. Aus Propagandagründen wollte man uns möglichst lange in Ostpreußen belassen. Zudem war unsere Nahrungsmittelproduktion gefragt. Heimlich zu fliehen war für die Landbevölkerung kaum möglich, denn das Verschwinden wäre durch die Bauernführer bzw. Bürgermeister sofort gemeldet worden.

Wir wollten versuchen, wenigstens einen kleinen Teil unserer Habe nach Königsberg zu retten, denn Königsberg galt bislang als uneinnehmbar. Die meisten Menschen glaubten, sie könnten, nachdem der Russe wieder gegangen sei, auf ihre Höfe zurückkehren. So hofften auch wir. Bayer besorgte uns ein Lastauto. Mit diesem fuhren wir von Staggen nach Königsberg zur Familie Urmoneit, mit allen wertvollen Sachen: Kleider, Wäsche, Lebensmittel und selbst lebendige Hühner hatten wir in einem Käfig mit dabei. Uschi und ich fuhren mit, mein Bruder Manfred blieb mit Mutter vorläufig noch auf dem Hof. Mein Vater hatte Herrn Urmoneit bei der Truppe kennengelernt. Familie Urmoneit war eine große Familie mit acht Kindern. Ihr Haus lag außerhalb der Stadt. Wir Kinder spielten viel zusammen. Tante Emmi und Lothar waren auch dort. Zu Weihnachten machten meine Tante und die großen Mädchen von Urmoneits Marzipan. Es gab einen kleinen Tisch, der zwischen zwei Fenstern stand, und einige Stühle. Dort saßen sie und rollten Marzipankugeln. Ich stand einige Meter entfernt und dachte: »Warum machen die jetzt Marzipan?« Ich konnte es nicht verstehen, alles war so fremd, meine Mutter war nicht bei mir, und Weihnachten konnte eigentlich gar nicht stattfinden.

Wir erlebten einen großen Fliegerangriff in Königsberg. Wir mussten dann ganz schnell aus dem Bett und uns die Sachen anziehen. Ich musste außerdem schnell ins Bad, um mir die Augen auszuwaschen, die in dieser Zeit morgens immer etwas verklebt waren. Wir eilten dann über die Straße in den Militärbunker. Urmoneits Haus stand direkt neben einem Militärübungsplatz und großem Waffenlager - wo täglich die Soldaten trainierten. Wir lebten wie auf einem Pulverfass. Nach einem großen Luftangriff gingen wir Kinder in die Stadt: ganze Straßenzüge waren wie weggefegt, nur große Trümmerberge. Ein Polizist regelte den Verkehr. Ich begriff nichts! Die Situation war absurd: Ich war in einer fremden Stadt, getrennt von der Großfamilie, und es gab diese Ereignisse, die ich überhaupt nicht verstehen konnte. Das ist wohl der Grund dafür, dass ich mich kaum noch an dieses

Weihnachtsfest erinnern kann.

Mein Kopf war ganz leer. Es war, als fehlte das obere Drittel und der Wind ginge hindurch.

Tante Ida, eine Schwester meines Vaters, fuhr jede Woche zum Arzt nach Königsberg und übernachtete bei Urmoneits. Sie fragte mich, ob ich nicht mitfahren wolle. Ich liebte Tante Ida sehr, sie war sanft, lieb, still und freundlich. Also fuhr ich mit ihr nach Münchenwalde. Die Tochter von Tante Ida, Erika, war lebhaft und sehr selbständig, konnte schon mit Pferden umgehen und es hieß, sie sei ein richtiger Junge. Ich spielte mit Erika gerne am Fluss, welcher durch den Garten ging. Wir mussten zu unserer Puppenwohnung stets den Fluss überqueren, als Brücke dienten zwei dicke Bretter. Wir hatten Küche mit Einrichtung und andere Zimmer. Meine Tante mochte mich sehr, weil ich ein liebes, ruhiges Kind war. Sie hatte es gerne, wenn ich von zu Hause erzählte, von meiner lieben Großmutter. Das war für meine Tante wie Balsam. Sie war zart und kränklich, und die viele Arbeit auf dem Hof und im Garten war sehr anstrengend für sie. Ihr Mann stand schon um vier Uhr in der Frühe auf und begann mit der Arbeit. Mein Onkel war sehr redegewandt und ein großer Gesellschafter. Im Winter zog er mit dem Dreschkasten von Grundstück zu Grundstück, oder er schlug Holz im Wald ein.

Gefühl der Verlassenheit, es ist vorbei wie es früher war – von einer Minute zur anderen ist die Kindheit und später die Jugend vorbei – verloren! Millionen Kriegskinder erleben Bombenangriffe, Flucht und Vertreibung.

Vertreibung

Räumungsbefehl

Für den 19.1.1945 bekamen wir die lang erhoffte Erlaubnis zum Aufbruch. Zu der Zeit war ich noch bei Tante Ida in Münchenwalde. Mutti und mein Bruder Manfred waren zu Hause, während Uschi in Königsberg geblieben war.

Es ist noch dunkel und sehr kalt, als Tante Ida, Erika und ich uns auf den vom Nachbarn Sternberg bereitgestellten Pferdewagen mit Wellblechdach begeben. Die Schwiegermutter von Tante Ida – sie hat ein steifes Bein, ist schwach und muss liegen – sowie Frau Sternberg sind schon auf dem Wagen, der mit Esswaren, Bekleidung und Federbetten voll bepackt ist. Herr Sternberg fährt den Wagen. Obwohl wir uns in die Federbetten hüllen, fangen wir nach stundenlanger Fahrt an zu frieren. Mir sind vor allem meine Füße eiskalt geworden, ohne dass ich dies bemerkt hätte. Erst als meine Tante zu mir sagt, ich müsse mal laufen, sonst würden mir die Füße anfrieren, steige ich vom Wagen, und da fangen meine Füße an zu schmerzen.

Wir fahren den ganzen Tag bis zum Dunkelwerden, die Straßen sind verstopft mit Fuhrwerken, es liegen auch ganze Wagen umgekippt im Straßengraben. Wir kommen nur langsam voran. Manchmal müssen wir die Straße frei machen für deutsches Militär, welches sich auf dem Rückzug befindet. Es sind meistens leichte Wagen und Motorräder mit Beiwagen. Sie fahren sehr schnell, gehetzt. Nachts suchen wir Zuflucht in Kuhställen, dort ist es schön warm. Tagsüber setzten wir unseren Weg nach Königsberg fort. Plötzlich schreit Erika: »Mutti, es geht noch ein Zug nach Westen, wir nehmen ein paar Sachen und fahren mit!« Schwiegermutter fängt an zu weinen und sagt: »Idchen, mein Idchen, wir haben uns doch immer so gut verstanden, du kannst mich doch nicht im Stich lassen!« Erika schreit: »Mutti,

Mutti komm!« Tante Ida zögert – dann hat ihre Schwiegermutter gewonnen. Wir bleiben auf dem Wagen und warten. Ich weiß nicht, wie Erika das erfahren hatte, jedenfalls fuhr dieser Zug wohl tatsächlich – und erreichte sein Ziel. Ida hegte jedoch keinen Groll, auch weil sie wieder nach Staggen, zum Hof ihrer Eltern wollte.

Auf der Fahrt nach Königsberg kommt uns auf einem offenen Wagen Tante Thea mit ihren drei kleinen Kindern entgegen. Ich rufe sie, sie erkennt mich, aber in dem Chaos, in dem die Fuhrwerke nur so durch die Straßen geschoben werden, kann sie nicht stoppen und wir auch nicht. Die Straßen sind total mit Pferdefuhrwerken verstopft und der Treck kommt auch immer wieder zum Stehen, wenn beispielsweise ein Fuhrwerk umgestürzt ist. Ich weiß nicht wie lange wir standen, als sich endlich der Treck wieder in Bewegung setzte. Nach einiger Zeit steht plötzlich ein Beamter an einer Kreuzung vor uns und dirigiert die Wagen: ein Wagen nach Königsberg, ein Wagen nach Neuhausen. Wir werden nach Neuhausen gewiesen, meine Tante bittet den Beamten, doch nach Königsberg fahren zu dürfen, weil meine Mutter dort wartet. Aber der Beamte bleibt hart. »Kann ich nicht machen«, sagt er.

Zum ersten Mal sehen wir Militärflugzeuge. Es sind vielleicht sechs oder acht. Sie fliegen sehr tief in einem Bogen um uns herum. Ich finde es sehr schön anzusehen. Der blaue Himmel, der Schnee und die in der Sonne strahlenden Maschinen, wie Silbervögel. Ich habe Angst, dass sie die Bäume streifen könnten. Einen der Piloten kann ich genau erkennen, und sehe, dass er zu mir herunter schaut. Er schießt nicht auf mich.

In unserem kleinen Treck werden einige Pferde getroffen. Es dauert eine Zeit, bis wir weiter können. Nachmittags beschießen Tiefflieger unsere Wagen, sie schießen auf alles, was sich bewegt – die Kugeln pfeifen über unsere Köpfe. Pferde und Menschen fallen gleichermaßen. Ich bleibe aufrecht im Wagen sitzen – bin wohlbehütet in einem christlichen Elternhaus aufgewachsen, wo es keine bösen Dinge gab, und kann das Ganze nicht begreifen. Die Kugeln pfeifen, ich sehe alles, weiß aber nicht, was ich tun soll. Ich kann nicht sagen, wie viele

Kugeln durch unseren Wagen hindurch oder darüber gegangen sind – ich bleibe jedoch wie durch ein Wunder unverletzt. Das Blechdach von unserem Wagen ist von Kugeln durchlöchert.

Dann heißt es, von der Straße runter, russische Panzer kämen von hinten. Wir fahren auf eine Wiese. Es kommen aber nur Panjewagen mit kleinen Pferden davor, und mit russischen Soldaten und Mädchen darauf. Die Soldaten springen von den Wagen, ohne dass diese anhalten, einer kommt an unseren Wagen und schreit: »Uri! Uri! Spiritus!« Herr Sternberg gibt ihm seine Uhr, damit ist der Soldat zufrieden, läuft zur Straße und springt wieder auf einen Wagen.

Wir fahren auf ein kleines Gehöft, die Besitzer sind nicht mehr da. Wir gehen ins Haus und machen uns Tee, die Milch ist leider gefroren, sie ist ungenießbar. Im Schlafzimmer liegt eine alte Frau im Bett. Sie ist krank und stöhnt. Auf dem Waschtisch steht ein Steintopf mit Bienenhonig. Ich hole mir mit dem Finger Honig aus dem Topf. Es ist schon dunkel, als russische Soldaten kommen. Sie haben einen großen Waschkessel mitgebracht, in dem kochen sie Kartoffeln. Der Koch steht am Kessel und rührt lange mit seinem Schwert, dabei schaut er mich immer wieder lächelnd an. Der Koch hat eine große Pfanne zum Braten. Als das Fett gerade heiß ist, fängt draußen eine Schießerei an. Alle werfen sich auf den Boden, auch der Koch. Er hält dabei die Pfanne mit dem heißen Fett in der Hand und lächelt. Ich begreife die Gefahr nicht und bleibe stehen, aber die Soldaten zeigen, dass ich mich auf den Boden legen soll, und sie ziehen mich vorsichtig nach unten. Im selben Augenblick geht ein Geschoss in den gekachelten Herd und wieder zurück nach draußen, genau da entlang, wo ich eben noch gestanden hatte. Der Tod stand neben mir!

Als alles vorbei ist, gibt es einen herrlichen Kartoffelbrei mit Speck und Fett. Die Soldaten sind sehr lustig – ich werde von einem zum anderen gereicht und jeder gibt mir zu essen. Sie sind sehr freundlich und lieb. Einige werfen mich in die Luft und sagen: »Karascho Dotschka« (gute Tochter). Nach dem Essen nehmen die Soldaten ein Kissen oder ihre Steppjacke, und klettern auf den Kleiderschrank oder legen sich einfach auf den gekachelten Herd zum Schlafen. Ein ganz junger Soldat kommt, und nimmt sich ein kleines Sofakissen, lächelt mich dabei an. Ich weiß nicht, was er damit vorhat, da ist er schon mit einem Satz auf den Schrank gesprungen. Mit seinem Gewehr im Arm macht er es sich gemütlich.

Die Russen geben uns zu verstehen, dass wir aus dem Haus müssen. Als wir auf den Hof kommen, stehen russische Frauensoldaten und Soldaten auf unserem Wagen und schlitzen mit dem Säbel alle unsere Pakete, Kisten, Federbetten, sämtliche Habe auf! Wir gehen in den Pferdestall, dort ist es warm. Aber die Tür geht schwer auf – ich habe Angst, dass wir nicht wieder hinauskommen. Die Soldaten kommen ständig herein und gucken. Hinter dem Stall steht eine Flak. Wir fürchten, dass sie den Stall in Brand stecken, doch vor Müdigkeit schlafe ich ein. Gegen Morgen weckt mich meine Tante, wir müssen aus dem Stall heraus. Als wir nach draußen kommen, liegt dort meterhoch Wäsche, Kleider, Speck usw.. Eine russische Frau kommt auf mich zu und gibt mir ein schönes Kleid, dieses Kleid trug meine Cousine zur Hochzeit meiner Tante Maria am 17.6.1944. Ich sage zu Erika: »Das ist ja dein Kleid!«, und will es ihr geben. Da kommt die Russin zurück und schimpft, wir verstehen nichts, sie macht aber mit Zeichensprache deutlich, dass ich das Kleid haben soll und nicht Erika. Diese Hochzeit war das letzte große Familienfest in der Heimat gewesen. Es war auch eine sehr schöne Feier, das Wetter war gut und auf unseren Hof fuhren viele prächtig geschmückte Kutschen vor. Dann setzten sich die Kutschen mit den Festgästen in Richtung Kirche in Bewegung, die Kutsche mit dem Brautpaar als letztes. Nach der Trauung war es umgekehrt, das Brautpaar fuhr zuerst. Und Erika trug eben dieses schöne blaue Kleid, was ich nun von der Russin geschenkt bekam.

Wir gehen noch einmal in das Haus, um nach was Essbarem zu suchen. Dann sehen wir deutsche Soldaten über ein Feld robben, es sind alte Männer. Eine Schießerei geht los und einige Zeit später kommen russische Soldaten auf den Hof und rufen »Chände hoch!« und schreien: »Deutsche Soldat?« Wir heben die Hände und rufen mit kläglichen Stimmen: »Nein!« Wir sind nur alles Frauen, Kinder und

Greise. Wir bleiben den Vormittag noch da: wir sind zwischen die Fronten geraten!

Wir suchen uns noch ein paar Sachen zusammen, unter anderem einen großen Handwagen. Der Wagen hat zwei große Räder und eine lange Deichsel. Erika und ich haben Gurte schräg über dem Körper, die mit einem Strick an dem Wagen festgebunden sind. Wir müssen die Deichsel immer festhalten, damit der Wagen nicht nach hinten wegkippt. Wir haben einige Habseligkeiten gerettet, und Tante Ida muss auch im Wagen sitzen; denn sie hat Wasser in den Beinen und ist sehr schwach, sie kann nicht mehr laufen. Der Wagen lässt sich sehr schwer ziehen.

Auch die anderen rüsten zum Aufbruch. Ein Mann holt seine Pferde, er geht in der Mitte zwischen den Pferden – da trifft sie ein Geschoss, alle sind tot. Seine Frau weint: »Mein Mann ist tot!« Viele Splitter tanzen über den Hof. Als wir gerade auf der Straße sind, geht alles in Flammen auf. Wir machen uns auf den Weg zurück nach Münchenwalde. Unterwegs machen wir Halt bei deutschen Familien, die noch auf ihrem Hof sind. Manche arbeiten auf ihren Feldern, sie glauben noch, dass der Russe wieder zurück geht, und sie auf ihrem Hof bleiben können. So, wie es im ersten Weltkrieg ja auch gewesen war.

Über Uszlöknen fahren wir zurück nach Münchenwalde. In Uszlöknen, das in einer schönen Waldgegend gelegen ist, besuchen wir Verwandte von uns. Sie erschrecken sich erst, weil sie denken, die Russen kommen. Nur der Opa mit den kleinen Kindern ist in der Küche, die junge Frau versteckt sich und kommt erst später in die Küche.

So ziehen wir jeden Tag viele Kilometer, mit meiner Tante im Handwagen sitzend, in Richtung Münchenwalde. Die Russen lassen uns auch ziehen.

Einmal kam uns ein Soldat zu Pferd entgegen, er guckte nur und ritt weiter. Plötzlich schrie er hinter uns her, wir drehten uns nicht um, wir dachten, er will uns mitnehmen. Dann schoss er in die Luft. Als wir uns umdrehten, zeigte er auf einen Sack, der auf der Straße lag – wir hatten unser halbes Brot, welches sich im Sack befand, verloren. Schnell holten wir unsere große Habe zurück! Kopfschüttelnd ritt der

Soldat weiter.

Es gehen noch einige Deutsche mit uns. Wir übernachten in einem Haus, haben Angst und bleiben alle zusammen in einem Zimmer, im Nebenzimmer verstecken wir unsere paar Sachen. Morgens kommen russische Soldaten, wollen auch in den Raum, wo unsere Sachen drin sind. Der Soldat stutzt und öffnet die Tür nicht – eine Spinne hat über Nacht ein großes Netz über die Tür gesponnen.

Wir kommen nach Münchenwalde und fahren zuerst zum Gehöft von Tante Ida. Die Scheune ist abgebrannt. Augenzeugen berichten, dass es eine große Explosion gegeben hatte, in der Scheune waren zahlreiche Benzinfässer gelagert gewesen. Haus und Stall stehen noch, es ist aber alles ausgeplündert. Auf dem Hof hatten die Plünderer eine Hitlerfahne ausgebreitet. Die Schwiegermutter von Ida, zwei ihrer Töchter und Frau Sternberg sind schon zu Hause.

Frau Sternberg hat Hände und Füße erfroren, die Gliedmaßen verfärben sich zuerst blauschwarz, später werden sie braun und fallen nach und nach ab. Es riecht übel. Die arme Frau jammert Tag und Nacht. Wir können nicht helfen, schlafen aber im gleichen Zimmer, damit sie nicht alleine ist. Die Russen kommen, durchsuchen alles und können fast alles gebrauchen. Herrn Sternberg habe ich nie wieder gesehen.

Wir sind etwa eine Woche zu Hause, als bekannt gegeben wird: Morgen müssen alle sich im Dorf einfinden. Weiter nichts, wir wissen nicht, was uns erwartet. Es ist frühlingshaft warm. Ein Transport wird zusammengestellt. Russische Soldaten, zu Pferd und mit Maschinenpistolen bewaffnet, bewachen uns. Viele der Flüchtlinge besitzen einen Handwagen, einige haben nur noch einen Mantel oder eine Decke. Es sind viele Menschen, überwiegend Frauen, Kinder, junge Mädchen und Greise. So entsteht ein schier endlos scheinender Treck von Elendsgestalten. Wir müssen den ganzen Tag marschieren, bei Hitze und Regen – nur mit ganz kurzen Ruhepausen. Es heißt immer »Dawei-Dawei!« Wir haben Hunger, aber vor allem Durst. Einmal stehen am Wegesrand deutsche Frauen, sie haben uns große Eimer mit frischem Wasser hingestellt – war das eine Erquickung!

Wir marschieren den ganzen Tag, bis zum Dunkelwerden. Ein alter Opa setzt sich an den Straßenrand, er kann nicht mehr. Der Russe schreit:»Dawei! Dawei!«, der Greis sagt:»Ich kann nicht mehr.« Der Russe schreit wieder:»Dawei! Dawei! Oder ich chießen!« Der Opa sagt:»Dann schieß doch!« Er schießt, der Opa fällt zurück, der Russe tritt mit dem Stiefel gegen den toten Körper, und der alte Mann fällt in den tiefen Graben, in welchem Wasser steht. Uns zugewandt schreit der Russe wieder:»Dawei! Dawei! Dawei!«

In den kurzen Pausen suchen die Soldaten den Treck nach jungen Mädchen und Frauen ab. Alle, die keine Kinder haben und arbeiten können, nehmen sie mit. Sie werden nach Sibirien gebracht. Viele Tränen wurden da geweint! Ein junges Mädchen ist mit ihren Eltern zusammen; als die Russen das Mädchen wegnehmen wollen, sagt die Mutter zu ihrer Tochter:»Komm wir gehen, das lassen wir uns nicht gefallen.« Sie gehen vom Treck weg und von der Straße herunter über ein Feld. Ein Russe rennt hinterher und schreit»Paschlie!«, die Mutter sagte:»Die bekommt ihr nicht!« – da erschießt der Russe Vater und Mutter und die Tochter muss doch mit.

An einem Tag regnet es schlimm, wir sind total durchnässt und als es schon dunkel ist, werden wir in ein Haus und Ställe getrieben. Wir müssen auf dem Holzfußboden, dicht gedrängt, mit den nassen Kleidern schlafen. Die Schuhe zogen wir auch nicht aus, da wir sie am nächsten Tag nicht wieder anbekommen hätten. Neben mir liegt ein Epileptiker, ein jüngerer Mann, der abends noch einen Anfall hatte. Morgens ist er tot. Ich liege dicht an ihn geschmiegt, und bekomme einen furchtbaren Schreck, als ich es bemerke.

Wir müssen weiter marschieren, ohne etwas gegessen oder getrunken zu haben. Es müssen viele Umwege gemacht werden, weil immer wieder Brücken gesprengt worden sind. Es geht über Felder oder durch einen Fluss. So marschieren wir über Rastenburg nach Schloßberg. In einem kleinen Dorf in der Nähe von Schloßberg wird ein Straflager errichtet. Die Dorfausgänge werden bewacht. Es sind viele Menschen dort. Wir werden in den Häusern des verlassenen Dorfes untergebracht.

Ich erinnere mich, wie ein Vater und seine Tochter auf einem Bett saßen, sich unterhielten und einen Teller Suppe aßen. Sie unterhielten sich über Familienmitglieder und fingen irgendwann an, sich zu streiten. Die Tochter rief aufgeregt:»Wenn du das sagst, dann werfe ich jetzt meine Suppe hin!« Der Vater sagte:»Dann schmeiß doch!« Tatsächlich warf sie ihren Teller mit Schwung auf den Boden. Ich konnte das nicht begreifen, wo wir doch hungerten.

Alle Frauen müssen arbeiten. Man hat keine Pferde, die Frauen müssen Pflug und Egge ziehen, immer sechs bis acht Frauen an einer Egge. Von unserem Strohlager aus konnte ich es einmal ganz aus der Nähe sehen. Den Anblick habe ich noch heute vor Augen.

Es gibt fast nichts zu essen – hin und wieder ein notgeschlachtetes Pferd. Jeden Morgen gibt es Tote, vor allem junge Mädchen. Sie sind so abgehungert, dass sie zuletzt nur noch laufen können, indem sie sich an den Wänden oder den Pritschen festhalten.

An ein junges Mädchen erinnere ich mich noch, sie war wie Haut und Knochen. Das schöne Kleid, das sie trug, hing wie auf einem Kleiderbügel. Ich habe das Mädchen angeschaut, wusste aber nicht, warum sie so aussah. Wie viele Tote es dort gegeben hat, weiß ich nicht. Es brach dann auch noch Typhus aus. Tag und Nacht schleppten sich die Menschen zur Toilette – es gab nur eine, ohne Spülung. Trotzdem hat ein Teil der Menschen überlebt. Einmal ging das Gerücht um, ein Trupp Soldaten mit einer großen Viehherde sei in der Nähe. Erika läuft mit einem Eimer los, bekommt etwa zwei Liter Magermilch. Anschließend soll ich gehen. Ich bin ein sehr stilles, zurückhaltendes Mädchen, die anderen Kinder drängen mich immer nach hinten, so bekomme ich keine Milch. Drei russische Frauen separieren die Milch. Auf einmal kommt eine der Frauen auf mich zu, ich erschrecke. Sie nimmt meinen Eimer, füllt diesen mit Vollmilch bis zum Rand – ich kann den Eimer kaum tragen. Bin glücklich: soviel Milch! Welch ein Reichtum! Eines Tages müssen wir alle aus den Häusern, wir erwarten das Schlimmste, aber die Russen wollten etwas sprengen, und wir sollten raus und uns aus Sicherheitsgründen vor die Häuserwände stellen. Die Splitter tanzten über den Hof.

64

Meine Tante Ida ist sehr schwach, sie kann nicht mehr arbeiten. Wir liegen fast den ganzen Tag auf unserem Strohlager und Tante sagt ganz lieb zu mir »Erzähl mir doch von zu Hause.« Es dauert immer ein Weilchen, aber wenn ich erst den Anfang habe, fällt mir vieles von zu Hause und von meiner guten Großmutter ein. Ich versuche mir Bilder von meinen Liebsten ins Gedächtnis zu rufen. Bei Mutter und Manfred funktioniert das ganz gut, bei Uschi habe ich nur noch eine vage Vorstellung.

Meine Tante sagte: »Ich werde bald sterben, wir müssen nach Hause, ich will bei Großmutter und Opa begraben werden.« Sie sagt es immer wieder und immer eindringlicher. Es sind im Lager einige Menschen, die sich das Datum genau gemerkt hatten und als es heißt, heute ist der 24. Mai, sage ich zu meiner Tante: »Ich habe heute Geburtstag.« Tante sagt: »Nein, heute nicht, erst morgen!« Am nächsten Tag erinnere ich wieder an meinen Geburtstag, Tante sagt: »Nein, heute nicht. Gestern.« Ich weiß nicht warum sie so spricht und denke darüber nach. Ich sage aber nichts. Sicher wollte sie mir darüber hinweghelfen, dass dieser Geburtstag so trostlos verlaufen war. Mein Geburtstag in der Großfamilie war immer sehr schön gewesen. Der Tisch war festlich gedeckt, es gab einen besonderen Kindergeburtstagskuchen und Geschenke. Viele Gäste waren da und verschiedene Spiele wurden gemacht. Und jetzt lag ich mit meiner Tante auf unserem Strohlager auf dem Holzfußboden und es war nichts. Es gab keine Wärme und Geborgenheit. Ich war ohne Vater, Mutter und Geschwister, und ohne meine Freundin Elfriede. Es war kein Platz, um mich zu bewegen und um mich zu freuen. Ich war wie erstarrt und habe nicht geweint und nicht gejammert.

Flucht aus dem Lager

Eines Tages sagt meine Tante: »So, morgen fahren wir los, wir werden schon durchkommen.« Wie ein Lauffeuer verbreitet sich das Gerücht im Lager: Morgen geht es nach Hause. Alle wollen mit. Es herrscht Aufbruchstimmung! Die Menschen sind gelöst und zuversichtlich.

Es ist noch dunkel, als es im Lager lebendig wird. Es werden schnell die paar Kleinigkeiten gepackt und schon sind wir startbereit. Als wir nach draußen kommen, hängt dort ein Mann an einem Baum. Er hatte zu große Angst mit uns zu gehen und bleiben wollte er auch nicht. Zum Beerdigen bleibt keine Zeit. Wir müssen los, denn vor dem Morgen wollen wir bis zu der großen Brücke kommen. Wenn wir die erst hinter uns haben, dann sind wir in Sicherheit, heißt die Parole. Dann bekommen uns die Russen nicht mehr. Wie sollten wir uns täuschen!

Wir gingen mit unserem Handwagen voran, und am Dorfausgang hielt uns ein Posten an, und bedeutete uns, dass wir warten sollten. Er ging in sein Wachhäuschen und wir sahen ihn telefonieren. Dann kam er wieder heraus und zeigte uns, dass wir weiterfahren könnten. Darüber habe ich mich allerdings sehr gewundert, hatte ich doch erwartet, dass der Soldat wenigstens schimpft. Wir kamen nur langsam voran, weil unser Handwagen sich nur schwer ziehen ließ. Meine Tante sagte auch: »Wenn es zu schwer wird, werfe ich noch einiges vom Wagen.« Die anderen kamen schneller voran mit ihren Handwagen. Alle überholten uns, wir waren schon ganz niedergeschlagen. Meine Tante sagte: »Lass sie man fahren.« Die ersten waren bei der Brücke angekommen, aber sie war gesprengt und es musste ein Umweg durch den Fluss genommen werden. Da zog die russische Armee mit Lastwagen, Jeeps und zu Pferd mit Hunden an uns vorbei. Sie fuhren bis an die kaputte Brücke vor, dann schlugen sie mit Gummiknüppeln und Gewehrkolben auf die Menschen ein! Nahe der Straße lag ein kleines Gehöft, Tante sagte: »Fahrt mal schnell rauf, die haben da vorne zu tun und sehen uns nicht.« Mit uns fuhren noch zwei Familien auf den Hof. Wir versteckten unsere Wagen in einem leeren Strohfach, und verhielten uns still im Haus. Eine Frau war auf den Dachboden gegangen und hatte die Straße beobachtet, sie sagte: »Ein Hund ist schon ein Stück den Weg runtergelaufen, aber wieder umgekehrt.« Wir hatten große Angst, dass sie uns entdecken würden. Wir hatten Glück, aber die anderen wurden zurückgedrängt, mussten wieder ins Lager und waren noch lange dort!

In dem Haus lebte ein Ehepaar, der Mann war krank und rief dauernd: »Anna, koch mir Fliedertee!« Er war nicht zu beruhigen. Wir blieben einige Tage dort. Eines Abends, als es dunkel war, wagten wir die Weiterfahrt ins nahegelegene Dorf. Wir fuhren nun auch bis zur zerstörten Brücke, bogen dann links ins Dorf ein und gingen in die Häuser, um nach etwas Essbarem zu suchen. In einem Zimmer lag ein Mann auf dem Bett. Wir gingen auf ihn zu, sprachen ihn an, erst bei näherem Hinsehen bemerkten wir, dass der Mann tot war. Jemand hatte ihm ein Stück Brot auf den Leib gelegt.

Rechts der Brücke lag eine Mühle. Dort arbeiteten einige Deutsche, droschen das Korn und mahlten es zu Mehl. Es war für die Soldaten, die das Straflager bewachten. Wir durften einige Tage dort bleiben und aßen nach langer Zeit wieder Brot und Mehlsuppe (Mehl in Wasser gekocht), was uns damals vorzüglich schmeckte. Eines Nachts klopfte es laut am Fenster, ich dachte: »Jetzt müssen wir wieder ins Straflager zurück!« Aber die Russen fragten nur nach dem Weg. Eine Frau, die polnisch sprach, dolmetschte.

Von da aus mussten wir mit dem Handwagen durch den Fluss. Dann, meist auf Nebenstrecken, gingen wir, mit kleinen Pausen, viele Kilometer in Richtung Münchenwalde. Als wir in Liebenfelde, dem Kirchdorf, angekommen waren, entdeckten wir eine Rotkreuzstation. Wir brachten unsere Tante hinein, aber die deutschen Schwestern sagten uns, sie hätten keine Medikamente und könnten uns nicht helfen. Wir fuhren bis Münchenwalde, blieben aber nur kurz dort, denn meine Tante mahnte zum Aufbruch. Sie sagte:»Ich will nach Hause, ich sterbe bald.« Wir suchten uns einen kleineren Handwagen, der sich gut ziehen ließ, und brachen auf nach Staggen, Kreis Insterburg, meine Heimat.

Ich weiß nicht mehr, wie lange wir unterwegs waren. Von weitem sahen wir unseren Bauernhof. Pferde waren auf der Weide und meine Tante überlegte laut, ob unsere Familie wohl mit Pferdewagen nach Hause gekommen sei. Wir erreichten zunächst das Gehöft unseres Nachbarn Harpeng. Das Haus war abgebrannt. Wir wollten im Stall nachsehen, aber die Tür ging nicht auf. Wir waren ganz erstaunt, als Frau Harpeng plötzlich aus einer anderen Stalltür herauskam. Sie wohnten im Stall! Sie sagte uns, dass Russen auf unserem Hof sind, aber auch Deutsche. Und ihre Tochter Anneliese koche dort. Wir fuhren dann zu unserem Hof, den schönen langen Birkenweg entlang. Die Birken waren mittelgroß und hatten jetzt ihr schönes, grünes Kleid angezogen. Auf dem Hof kamen uns laut bellend einige Schäferhunde entgegen. Stämmige Russen mit Igelhaarschnitt riefen »Schutska!«, damit waren die Hunde gemeint. Diese traten darauf den Rückweg an. Eine deutsche Frau berichtete uns, dass meine Mutter, meine Geschwister und eine Schwester von meinem Vater auf einem Bauernhof im Dorf mit anderen Deutschen wohne. Wir liefen so schnell unsere Füße uns tragen konnten ins Dorf Staggen. Eine Tante von mir, Maria Warstat, hatte uns schon auf der langen Auffahrt, welche zu ihrem Gehöft führte, entdeckt. Sie hatte laut gerufen:»Ist das nicht die Helga?« Wir liefen schnell die kleine Anhöhe hinauf und ins Haus. Da kam mir schon mein kleiner Bruder, der weißblonde Lockenkopf entgegen, fasste mich um und rief:»Meine Helga ist wieder da!« Das war Juni 1945. Über ein halbes Jahr, was mir vorkam wie ein halbes Leben, hatte ich meine Familie nicht mehr gesehen! Was war die Freude groß! Besonders für meine Mutter, denn sie hatte ja nicht gewusst, wo ich war, ob ich überhaupt noch am Leben bin.

Wie meine Mutter die Zeit erlebt hat

Meine Mutter war sehr krank, sie hatte Lungenentzündung. Als am 19.1.1945 der Räumungsbefehl kam, sagte der Offizier Bayer zu Mutter: »Sie müssen sofort hier weg!«, und besorgte ein Auto. So kamen meine Mutter und mein Bruder Manfred nach Königsberg, was sie sonst nicht mehr geschafft hätten.

Mutter bekam einen furchtbaren Schreck, als sie in Königsberg ankam und ich nicht dort war, sondern nur meine kleine Schwester Uschi. Sie war dann sehr froh zu hören, dass Tante Ida mich nach Münchenwalde mitgenommen hatte. Nachdem das Haus der Urmoneits durch einen Angriff auf das nahegelegene Munitionslager zerstört worden war, flüchteten sie zusammen mit Tante Emmi und Lothar nach Sorgenau, das direkt an der Ostsee liegt. Ein älterer Mann mit einem Pferdewagen und nur einem Pferd, bot ihnen an, ihre Sachen auf seinen Wagen zu packen. Sie selbst sollten hinter dem Wagen hergehen. Meine Mutter hatte meinen beiden Geschwistern fest eingeprägt, den Wagen nie loszulassen, und immer hinterherzulaufen. In dem heillosen Wirrwarr verlor Mutter die Kinder aus den Augen. Tante Emmi hatte etwas voraus auf einem Bauernhof Halt gemacht. Dort waren noch viele Menschen, und als sie meine Mutter nicht finden konnte, ging sie wieder zur Straße, um nach ihr zu schauen. In diesem Moment kam der Wagen mit meinen Geschwistern vorbei. Tante nahm sie sofort an die Hand und mit zum Hof, wo Mutter sie dann auch fand. Mitunter wurden Eltern von ihren Kindern getrennt, und wenn die Kinder ihre richtigen Namen nicht wussten, gab es kaum eine Möglichkeit, die Kinder wiederzufinden, sie landeten dann in einem Waisenhaus. Uschi war zu der Zeit drei Jahre alt. Sie hätte ihren richtigen Namen nicht gewusst, da wir sie damals immer nur Uschi riefen. Meine Mutter glaubte, dass sie um Haaresbreite alle ihre Kinder verloren hätte, da sie zu diesem Zeitpunkt auch von mir nichts wusste. Uschi hatte einen kleinen, unscheinbaren Leberfleck auf der rechten Wange. Meine Mutter sagte immer: »Am Leberfleck hätte ich sie sicher wiedererkannt.«

Zur Nacht fanden sie in einem überfüllten Saal noch Platz und konnten sich so vor der Kälte schützen. Mutter erzählte mir, dass eines Abends plötzlich die NS-Leute, die sonst alles beherrschten und kommandierten, verschwunden waren. Einige Rotarmisten seien freundlich in den Saal gekommen, und einer setzte sich ans Klavier und spielte. Die Russen tanzten dann mit deutschen Mädchen. Am anderen Morgen, die Russen waren bereits weg, tauchten plötzlich wieder die NS-Leute auf, und wollten die jungen Mädchen, welche mit den Russen getanzt hatten, verhaften. Eine beherzte Mutter ohrfeigte einen von ihnen und sagte:»Gestern ward ihr plötzlich verschwunden, ihr feigen NS-Schweine, und heute wollt ihr unsere Töchter verhaften!« Der Frau geschah nichts! Offenbar war es ein letzter Versuch der Nazis, noch Macht demonstrieren zu wollen, und der scheiterte an der Gegenwehr der couragierten Mutter. Die Nazis hatten kaum mehr genug Zeit, sich in Sicherheit zu bringen.

Später versteckten sich Mutter, meine Geschwister, Tante Emmi und Lothar mit Einheimischen in einem Erdloch im Wald. Die rote Armee stöberte sie dort auf und fragte sie nach deutschen Soldaten. Mutter hat mir zu dieser Begebenheit folgendes aufgeschrieben:

```
Alle mussten raus und nach Richtung
Königsberg. Da begann das unbeschreibliche
Elend. Unterwegs wurden viele Familien
auseinandergerissen. Jüngere, noch
wehrpflichtige Männer wurden zuerst
ausgesucht, dann alle Familienväter, alle
mit Ausnahme von Kranken und Verletzten,
dann junge Mädchen und Frauen ohne Kinder,
dann Jungen und Mädchen von 12 bis 16 Jahre.
Stellenweise haben sie die Frauen von den
Kindern getrennt und die Frauen nach
Russland gebracht. Eine Frau war bei uns,
die hatte ihren Mann und beide Töchter
```

verloren, eine war 17 und die andere 21
Jahre alt, nun war sie ganz allein.

Meine Mutter und die übrigen Leute wurden nach Königsberg zur Kommandantur geschickt. Sie machten sich auf den Weg, zehn Tage dauerte der Fußmarsch. Täglich mussten bis zu fünfundvierzig Kilometer zurückgelegt werden. Die vielen kaputten Straßen und Brücken erforderten lange Umwege, da es größtenteils nur querfeldein ging. Von Leuten, die sie unterwegs trafen, hörten sie die schlimmsten Dinge, die in Königsberg geschehen würden.

Ihnen geschah jedoch nichts! Als sie an der Kommandantur ankamen, trafen sie Frauen aus Staggen, die auch nicht wussten, was sie beginnen sollten. Eine Dolmetscherin sagte ihnen, die Bauern sollten alle nach Hause auf ihr Grundstück gehen, da bekämen sie ein Pferd, eine Kuh und Hausrat. Das glaubten sie aber nicht. Wenn sie in Königsberg bleiben wollten, sollten sie sich Wohnung und Arbeit suchen, dann bekämen sie Naturalien. Die Kämpfe um Königsberg waren gerade vorüber, ein Großteil der Stadt war zerstört, Kompanien deutscher Soldaten zogen, von russischen Soldaten zu Pferd bewacht, durch die Straßen.

Mutti und die anderen Stagger blieben sechs Wochen in Königsberg. Anfangs fanden sie noch Kartoffeln und Gemüse in den Kellern. Für die Arbeit bekam jeder 250 g Brot, die Kinder 200 g am Tag, sonst nichts! Ihnen wurde klar, dass sie so in Königsberg nicht überleben konnten. Am 4. Juni frühmorgens zogen die sieben Familien, mit kleinen Kindern und alten Leuten, mit ihren Handwagen los. Unterwegs begegneten ihnen oft Militärfahrzeuge. Die Russen warfen dann häufig den Kindern Brot zu. Schließlich kamen sie am 9. Juni 1945 in Staggen an.

Es waren russische Soldaten auf unserem Hof. Es standen noch alle Gebäude und es gab Kühe und Pferde. Sie sagten meiner Mutter, sie würden bald wieder nach Russland zurückgehen, dann könne sie

wieder weiter wirtschaften. Sie fragten, warum Hitler den Krieg an-
gefangen habe, sie wären auch lieber zu Hause geblieben, als hier im
fremden Land. Und es wäre schade um den schönen Hof.

Den Kindern gaben sie zu essen und meine Mutter durfte sich die
Zimmer ansehen. Dann fragten sie, ob das noch ihre Möbel seien. Ein
paar Stücke von uns waren noch da, aber das meiste, auch das Klavier,
war weg. Die Russen hatten, wie immer, alles Inventar aus dem Haus
geworfen, wo es zum größten Teil bereits verrottet war. Sie suchte
sich noch einige brauchbare Sachen vom Dachboden zusammen, und
dann ging sie mit meinen Geschwistern ins Dorf zu Gustav Warstat
und dessen Frau Maria.

Wieder in Staggen

Nun waren wir alle, bis auf meinen Vater, wieder in Staggen. Das große Haus der Warstats war neu gebaut und besaß zwei Eingänge. Den ersten benutzten wir, und den zweiten, in der Mitte des Hauses gelegenen, hatten wir verschlossen. Von dort führte eine breite Treppe ins Obergeschoss. Unter der Treppe war eine kleine Besenkammer, in welche meine Mutter oft schnell hinein flüchtete. Ich hatte dann den Auftrag, von draußen den Riegel vorzuschieben. Obwohl die Russen das ganze Haus durchsuchten, und mehrfach an der Kammer vorbei gingen, entdeckten sie das Versteck nicht.

Es kam immer wieder vor, dass plötzlich Soldaten vor einem standen. Man hatte sie vorher nicht gesehen oder gehört. Als ich eines Abends mit meiner Mutter im Garten arbeitete, wurden wir plötzlich auf russisch angesprochen und schreckten zusammen. Sie fragten nach Frau Butgereit und gingen ins Haus. Mutter versteckte sich im Kornfeld, aber nicht weit genug, ich konnte sie noch sehen. Mit Gesten machte ich ihr deutlich, dass sie noch weiter ins Feld kriechen muss. Aber die Russen waren im Haus und interessierten sich nicht weiter für uns.

Tante Maria Warstat versorgte alle Kinder – die anderen Mütter mussten arbeiten. Nur Onkel Richard, der Bruder von Gustav Warstat versteckte sich. Wir waren sieben Erwachsene und neun Kinder. Kartoffeln hatten wir noch, denn man hatte vor der Flucht auf dem Feld unter einem Dunghaufen welche versteckt. In der Nacht wurden sie geholt, sie reichten für eine schöne Zeit. Wir Kinder suchten am Tage in den Häusern nach etwas Verwendbarem, sei es Geschirr oder Esswaren.

Die Jungs spielten auch oft mit kleinen Schleudern, die wir Katapulte nannten. Als der Helmut Warstat um die Scheunenecke schaut, wird er am Auge getroffen. Ich sehe ihn noch weinen und schreien, es gibt keine ärztliche Hilfe. Er verliert das Auge.

Oft kamen die Russen, meistens nachts, und nahmen alles weg. Eines Tages fuhren sie mit einem Wagen vor und trugen alles Brauchbare aus dem Haus. Onkel Richard musste am Wagen Wache stehen. Meine Mutter bat ihn, doch zumindest eine Nadel aus dem Kissen zu ziehen, damit sie uns die Sachen flicken könnte. Wenigstens das tat er. Einen großen Stoß Teller, welche wir uns mühselig zusammen gesucht hatten, nahmen sie auch mit. Als Tante Maria weinend auf uns Kinder zeigte, und sagte, dass wir sie doch brauchen, zeigte der Russe: Wenn er sie nicht mitnehmen darf, dann wirft er sie auf den Boden.

Roggen und Kartoffeln waren noch genügend da, Mühlsteine zum Getreidemahlen suchten wir uns. Mit dem Mehl backten wir Brot und kochten Mehlklößchen in Wasser. Gerste und Queckenwurzeln wurden geröstet und als Kaffee-Ersatz verwendet. Onkel Richard lungerte den ganzen Tag herum, und unsere Mütter mussten für ihn sorgen. Einmal wollten wir Weizen mit Dreschflegeln ausdreschen und Onkel Richard ließ es nicht zu: »Der Weizen muss für später bleiben!« Kurz darauf fuhren die Russen vor und luden den schönen Weizen auf. Die Russen hatten Richard irgendwann auch entdeckt, und sagten uns, wenn wir ihn versteckten und nicht herausrückten, dann würden sie uns alle erschießen. Auf Onkel Richard machte das keinen Eindruck. Die Russen fragten oft: »Wo Vater?«

Die Russen auf Kupraths Hof waren richtige Räuber, nichts war vor ihnen sicher. Sie tranken gerne und viel selbstgebrannten Schnaps. Einmal, in ihrem betrunkenen Kopf, dachten sie, sie hätten Richard endlich erwischt und schlugen auf unseren Nachbarn Harpeng mit dem Gewehrkolben ein. Er trug schwere Kopfverletzungen davon. Herr Harpeng hatte gefragt, ob er Kartoffeln stoppeln dürfe, und die Zusage erhalten. Am nächsten Tag bedauerten die Russen den Vorfall.

Am Tage ist es meistens ruhig, aber abends werden die Rotarmisten lebendig, sie tun gerne alles nachts, vor allem plündern.

Wir legten abends unsere Sachen griffbereit auf ein kleines Häufchen. Unsere Mütter hatten eine Spiegelscherbe an einem Faden am Fenstergriff befestigt, um sich das Haar kämmen zu können. Wenn die Soldaten nachts kamen und gegen das Fenster pochten, dann klirrte die Scherbe. Wir mussten dann sofort aus den Betten und schnellstens unsere Sachen überstreifen. Onkel Gustav, der Bruder von Richard, stand dann auf und redete laut, während er zu Haustür ging. So hielt er die Soldaten etwas auf. Sie durchwühlten sämtliche Schränke in allen Zimmern und nahmen mit, was sie gebrauchen konnten. Mehr als ein Jahrzehnt später sind wir noch nachts in den Betten von Alpträumen geschüttelt worden, und mit dem Ausruf: »Die Russen kommen!« aufgeschreckt.

Tante Ida liegt den ganzen Tag im Bett, sie ist zu schwach um aufzustehen. Meine Mutter hat ihre Uhr und noch ein paar Kleinigkeiten, die sie gerettet hat, unter Idas Matratze versteckt. Die Soldaten wollten öfters schon das Bett von Ida durchsuchen, heben auch die Bettdecke an. Ida jammert dann laut und so lassen sie von ihr ab. Vor Krankheiten haben sie große Angst. Eines Vormittags ist meine Tante doch kurz aufgestanden, unverhofft stehen wieder zwei Soldaten im Haus. Sofort durchsuchen sie das Bett und nehmen Mutters Uhr und die letzten Kleinigkeiten mit.

An einem anderen Tag klopfte es plötzlich. Wir schrecken zusammen, haben große Angst, weil man nie weiß, was kommt. Die Soldaten kommen herein, grüßen höflich »Draswutje« und bekreuzigen sich. Sie sind sehr freundlich und fragen, ob wir Marmelade oder Brot haben. Sie holen ihr Portemonnaies hervor und wollen mit Rubel bezahlen. Unsere Mütter winken ab, sind wir doch froh, dass es so abgeht. Sonst mussten wir immer vorkosten, diesmal nicht. Zum Abschied gaben sie Müttern und Kindern die Hand und sagten: »Doswiedannja«. Als die Reihe an meinen kleinen Bruder kommt, lächelt er die Soldaten freundlich an und sagt: »Heil Hitler!« Wir schrecken zusammen und denken, jetzt werden sie uns alle erschießen. Alle – Erwachsene wie Kinder – sind wie erstarrt. Aber die Soldaten lächeln freundlich und einer sagt: »Ist Kinder, weiß nicht«, und winken ab.

Die Unsicherheit ist groß, man weiß nie, was in der nächsten Minute passiert.

Über dem Kuhstall befand sich ein Heuboden. Da hatte Mutter einige Kleidungs- und Wäschestücke, welche sie in Königsberg aufgesammelt und mit dem Handwagen mühselig nach Staggen gebracht hatte – 80 Kilometer zu Fuß mit zwei kleinen Kindern – unter dem Heu versteckt. Die Soldaten hatten sich aus langen dünnen Kanthölzern, an deren unterem Ende sich ein etwa 30 cm langer, starker Draht befand, sogenannte Spießer gemacht. Damit fanden sie alles. Mit diesen Geräten untersuchten sie ganze Gärten und Felder. Es half kein Betteln und Flehen, sie nahmen alles mit. Meine Mutter weinte sehr, hatten wir doch nur die Sachen, die wir gerade trugen. Es war wieder ein Trupp Soldaten vom Hof Kuprath. Mutter sagte, wir gehen hinterher und sehen, wo sie hinfahren. Ich fühlte mich gar nicht wohl bei dem Unternehmen. Sie waren mit einem kleinen Wagen mit einem vorgespannten Pferd gekommen, und einer zu Pferd. Wir liefen die lange Auffahrt hinunter bis ins Dorf. Der Weg, auf den wir wollten, lag schräg gegenüber dem Dorfteich. Er führte aus dem Dorf heraus, kreuzte die Straße von Streudorf nach Wasserlacken und ging schließlich in die Auffahrt unseres Hofes über. Wir mussten halb um den Teich herum gehen, dann bei Zinaus vorbei. Dann führte der Weg eine kleine Anhöhe hinauf. Mutti sagte: »Du läufst jetzt hoch und guckst, ob noch etwas von den Russen zu sehen ist, und sagst uns dann Bescheid. Ich bleibe mit den beiden Kleinen hier, gehe in Zinaus Garten.« Dort standen große Staudenpflanzen mit riesigen Blättern. »Und wenn ein Russe zurückgeblieben ist, dann kommst du schnell zurück und rufst. Dann verstecken wir uns.« Ich laufe los, komme auf die Anhöhe und sehe einen Russen zu Pferd unten am Berg stehen. Er sieht mich auch. Ich laufe so schnell ich kann, mit großer Angst und Herzklopfen, zurück und rufe: »Mutti, Mutti, die Russen kommen!«, laufe weiter bis Zinaus Garten und rufe: »Mutti, Mutti, wo bist du?« Plötzlich taucht der blonde Lockenkopf meines Bruders aus den großen Blättern auf, und er ruft freundlich lächelnd: »Hier bin ich!« Inzwischen ist der Soldat bei mir angekommen, mein Bruder hat sich auf ein Zeichen meiner Mutter wieder unter den großen Blättern versteckt. Ich kann ihn nicht mehr sehen. Der Russe sagt zu mir: »Paschlie, dawei, dawei!« Ich laufe so schnell ich kann um den Dorfteich herum, mein Herz schlägt bis zum Hals. Es schnürt mir die Kehle zu. Bekomme kaum noch Luft. Denke jeden Augenblick, »jetzt drückt er ab, du musst sterben«. Habe große Angst vor dem Tod.

Aber es passiert nichts. Als ich schon die Anhöhe zu Warstats zur Hälfte heraufgelaufen bin, drehe ich mich schnell einmal um, denn ich habe große Sorge um meine Mutter und Geschwister. Der Russe sitzt hoch zu Pferd, nur einige Meter von meinen Lieben entfernt, und schaut auch in die Richtung, aber er entdeckt sie nicht. Ich renne weiter nach Hause. Einige Zeit später kommen meine Mutter und meine Geschwister auch. Mutti sagte: »Wir gehen zum Leutnant.«

Der Leutnant war noch recht jung und auf unserem Hof einquartiert. Als wir ankamen, war er da, und Mutti erzählte ihm weinend, dass die Soldaten von Kupraths Hof uns die letzten Sachen weggenommen haben. Der Leutnant redete tröstend auf meine Mutter ein: »Fraua nicht weinen, Fraua nicht weinen, bitte.« Nach einiger Zeit kamen die Soldaten mit dem Pferdewagen über unseren Hof gefahren. Der Leutnant forderte sie auf, sofort die Sachen herauszugeben. Zuerst zögerten sie, aber dann holten sie unter dem Stroh, was sie geladen hatten, ein Federbett hervor. Alles andere, Kleider, Schuhe usw. hatten sie irgendwo versteckt, wir sahen nichts davon je wieder. Wir hatten nur noch, was wir anhatten. Der Leutnant brachte uns anschließend in die Küche, wo uns die Köchin gleich etwas zu essen gab.

Am nächsten Tag kam der Leutnant persönlich mit dem Pferdewagen in unser Quartier, und brachte uns einen großen Sack Mehl und einen kleinen Sack Zucker. Welch ein Reichtum!

Von Nachteil für uns war, dass wir nicht in der Nähe von unserem Hof wohnten, zum Beispiel beim Nachbarn Pozsuweit. Denn da, in der Nähe des Leutnants, hätten die Soldaten nicht plündern können. Aber Tante Maria und Onkel Gustav wollten doch gerne in ihrem Haus wohnen.

Einmal fragte meine Mutter nach Arbeit, aber der Leutnant war gerade nicht da. Sie sollte später noch einmal nachfragen. Nach vierzehn Tagen bekam sie Arbeit und gutes Essen, Mehl und Milch für die Kinder. Gegen Abend gingen wir Kinder stets zu unserem Hof und holten zwei Kannen Milch. Wir hatten etwa zwanzig Minuten zu gehen. Es war ein warmer Sommer und der Leutnant saß meistens vor der Haustür. Sobald er uns erblickte stand er auf, wartete bis wir an der Treppe angekommen waren, sprach freundlich mit uns und ging gleich in die Küche. Dann rief er die Köchin: »Anna-Lisa!«, obgleich sie Anneliese hieß. »Anna-Lisa, bitte schnell, Kinder essen«, rief er. Wir bekamen dann Gemüseeintopf mit Fleisch, der leider sehr salzig war. Der Sergeant, den wir später auf dem Gut Wiesberger noch näher kennenlernten, half Anneliese bei der Verständigung. Bis dahin konnte sie nur ein paar Worte. Erst da lernte sie Russisch. Der Leutnant war sehr deutschfreundlich, er war einige Jahre in Deutschland gewesen. »Deutschland sehr scheen«, sagte er immer. Wir erfuhren, dass seine Eltern im KZ umgekommen waren. Wir könnten aber nichts dafür. Er sagte: »Krieg für Frauen und Kinder sehr schlecht.« Trotz des für ihn sehr schmerzlichen Verlustes seiner Eltern, war er immer sehr gut zu uns. Der Leutnant hatte seine Familie bei sich. Sie bewohnten Großmutters Zimmer. Als wir gerade unsere Gemüsesuppe löffelten, ging plötzlich die Tür von Großmutters Zimmer auf, und die Frau vom Leutnant kam auf uns zu. Sie gab jedem Kind ein Hefeteil. Nach einer Weile kam sie noch mal in die Küche, und gab jedem Kind noch ein Hefeteil. Sie sagte etwas auf russisch, was wir aber nicht verstanden. Anneliese übersetzte uns, sie hatte gesagt: »Auf einem Bein kann man nicht stehen.«

Nach dem Essen gingen wir wieder nach draußen, der Leutnant saß noch auf der Treppe und sagte, wir sollten uns zu ihm setzen und singen. Wir gaben uns große Mühe und er sang auch öfter mit, und sagte immer wieder: »Deutschland sehr scheen.«

Einmal hatten sie irgendwo ein Fahrrad gefunden. Nun versuchten die Soldaten mittleren Alters das Radfahren zu erlernen. Einer versuchte zu fahren und die anderen standen herum und lachten. Immer wieder fragen die Russen meine Mutter: »Wie Name von Vater?«

Meine Mutter sagte dann: »Hermann Seidenberg.« Dann sagten sie: »Oh, Hermann gut, Hermann deutsche Namen.«

Wenn einmal ein Militärauto stehen blieb, sprangen alle Soldaten gleichzeitig vom Fahrzeug, klappten die Motorhaube hoch und guckten. Einer schimpfte dann, und trat mit dem Stiefel dagegen. Manchmal sprang der Motor auch tatsächlich wieder an. Dies sah sehr putzig aus, und wiederholte sich häufiger. Wenn ich heute Autofahrer gebückt über ihrem Automotor sehe, möchte ich hingehen und sagen: »Treten Sie doch erst mal dagegen, vielleicht läuft er dann ja wieder.«

Der Leutnant freute sich ganz toll, wenn die Frauen gut arbeiteten. Die Freude strahlte ihm aus dem Gesicht. Dann durften sie eine größere Pause machen. Sie arbeiteten gut, weil er sie gut behandelte und gut verpflegte. Feldarbeit machte Mutti mit Anneliese und mit Soldaten zusammen. Die Soldaten waren sehr rücksichtsvoll und anständig, denn der Leutnant war streng und immer zugegen.

Später wurde der Viehbestand vergrößert und ein Teil kam zum Gut Wiesberger, weil unsere Ställe zu klein waren. Eines Nachmittags kamen zwei Soldaten zu uns, und machten durch Gestik deutlich, dass sie Frauen für Melkarbeit suchten. Meine Mutter sollte auch mit, sie zeigte, dass sie drei Kinder hat und wenigstens ein Kind mitnehmen muss. Ich durfte mit. Auf dem Gut Wiesberger waren noch zwei Frauen und ein junges Mädchen, eine kochte, die anderen zwei und meine Mutter mussten melken und die weitere Stallarbeit verrichten. Das Haus war groß und hatte in der Mitte der Längsseite seinen Haupteingang, mit einer großen Treppe und einer verglasten Veranda. Ein kurzer Flur ging in die Treppe nach oben über. Vor der Treppe gab es je eine Tür nach links und nach rechts. Im ersten Zimmer der linken Haushälfte schliefen der Sergeant und der Wachposten. Mir fiel bei dem jungen Soldaten auf, dass er an dem kleinen Finger der linken Hand einen feinen und zarten Silberring trug. In der letzten Nacht, bevor sie wieder nach Russland gingen, kam er lächelnd noch einmal in unser Zimmer, streifte den Ring von seinem Finger und steckte ihn dem jungen Mädchen an, dann ging er zurück auf seinen Posten. In diesem Zimmer gab es eine Tür, die in das stets leere, unter der Treppe gelegene Zimmer führte. Vom leeren Zimmer ging es links in die Küche. Von dieser konnte man direkt in den Garten, oder über einen kurzen Flur zu einem Hintereingang. An diesem Flur lag links unser kleines Zimmer, was sich wieder hinter dem ersten Raum befand und mit ihm durch ein kleines Fenster verbunden war.

Ich half so gut ich konnte in der Küche. Kartoffeln schälen und Gemüse putzen. Es wurde meistens Gemüseeintopf gekocht und jeden Tag frisch. Was übrig blieb, musste sofort weggeschüttet werden. Als die Köchin einmal etwas vom Vortag untergemischt hatte, wurden die Soldaten ärgerlich und es durfte nicht wieder getan werden. Ich suchte dann aus dem Eintopf, welcher übrig geblieben war, die Fleischstückchen heraus und brachte sie meinen kleinen Geschwistern. Wenn das Essen fertig war, mussten wir sofort an den Tisch kommen, der Sergeant rief dann: »Fraua essen, essen schnell!« Man musste dann alles stehen und liegen lassen. Ein Problem für uns war das Öffnen der Türen, da keine Drücker mehr daran waren. Der Sergeant war darin Spezialist, wenn wir die Tür nicht aufbekamen, kam er lächelnd auf uns zu, nahm seinen rechten Zeigefinger und im Nu war die Tür auf.

Der Sergeant hatte die Aufsicht über das Melken und die Stallreinigung. Ein weiterer Soldat war zur Nachtwache eingeteilt, beides sehr liebe Menschen, die uns sehr wohlgesonnen waren. In Ostpreußen sagten wir dann: »Einsame Elite!« Der Wachposten stand in der Veranda des Gutshauses, von dort konnte er aber nicht die zwei weiteren Türen an der Frontseite des Stalles einsehen. Eines Nachts hatte man mehrere Stück Vieh gestohlen. Am nächsten Morgen herrschte große Aufregung, alle liefen durcheinander, aber das Vieh blieb verschwunden.

Morgens ritt der Sergeant immer mit dem Pferd nach Aulenbach und kam dann mit Quark, Butter, Sahne und frischem Brot zurück. Waren das Kostbarkeiten! Die Frauen waren dann mit dem Melken fertig und ich war meistens auch schon auf. Dann wurde gefrühstückt, und zwar sofort. Manchmal schlief ich auch länger. Dann fragte der Sergeant meine Mutter: »Chilga da, Chilga spit?« Wenn ich noch im Bett lag, winkte er ab, als wie: Es hat noch Zeit. Er mochte mich wohl gerne, freute sich, wenn ich da war.

Der Gutshof war von Militärfahrzeugen aufgewühlt. Wenn es regnete, war kein Durchkommen. Man hatte zwar Bretter gelegt, aber trotzdem konnte man nicht trockenen Fußes in den Stall gelangen, zumal meine einzigen Schuhe, verschlissen waren. Wenn ich mal zu meiner Mutter wollte, kam der Sergeant, der auf dem Hof auf und ab ging, auf mich zu und machte mir mit Gestik verständlich, dass ich mich auf seine Stiefel stellen sollte. Obwohl ich es verstanden hatte, war ich doch jedesmal wieder ängstlich. Er redete aber stets freundlich und mit viel Geduld auf mich ein, bis ich mich auf seine Stiefel stellte, dann ging er langsam mit mir in den Stall.

Der Sergeant, der Wachposten und der Staschina aßen mit uns zusammen am Tisch. Der Staschina verrichtete mit einem Trupp Soldaten die Feldarbeit und kam erst abends nach Hause. Sie wohnten in der rechten Hälfte des Gutshauses, während wir in der linken Hälfte wohnten. Im ersten Zimmer, dem Wohnzimmer, war ein großer Kachelofen, in welchen die Russen dicke, meterlange Holzbalken legten. Wenn diese etwas abgebrannt waren, traten sie mit dem Stiefel dagegen und schoben sie so nach. Abends saßen wir in unserem Zimmer mit dem Sergeant und dem Staschina zusammen, und sangen, unter anderem auch das Wolgalied.

Alles verloren, und dann singen. Wie schwer das wohl ist, wer kann das ermessen?

Der Sergeant hatte sich Bücher aus unserer Volksschule geholt, und las abends laut und gut ausgesprochen vor. Anschließend fragte er lächelnd die Frauen, was er wohl gelesen habe. Mit Händen und Füßen versuchten die Frauen dann das Gelesene zu erklären. Es kamen manchmal sehr lustige Sachen dabei heraus, und alle mussten lachen. Er hörte lächelnd zu, ohne sich zu ärgern. Ein wunderbarer Mensch!

Eines Abends in der Küche zeigt der Sergeant auf unser zusammengesuchtes Geschirr, Tassen oder ähnliches, und Streichhölzer, und sagt: »Fraua«, und machte in Gestik deutlich, dass wir alles auf unser Zimmer nehmen sollen. Als wir etwas verwundert gucken, denn morgen früh würde doch alles in der Küche wieder gebraucht, sagt er: »Ruski Kamrad zapzarap«, und trägt selbst ein Teil davon auf unser Zimmer, freundlich lächelnd wie immer.

Die Russen tranken gerne Schnaps. Im leeren Zimmer hatten sie einen großen Waschkessel aufgestellt, in dem sie Schnaps brannten, was ihnen streng verboten war. An einem anderen Abend feierten sie tüchtig, wir durften auch mitfeiern. Den Schnaps gab es in großen Gläsern, Tassen, Töpfen, was man so hatte. Mir schmeckte er scheußlich. Das war übrigens mein erster Schnaps!

Ein älterer Soldat spricht nett mit meiner Mutter, er sagt: »Krieg nicht gut, besser zu Hause«, und zeigt, wie groß seine drei Kinder sind.

Eine Nachbarin, Frau Hunsalz, musste einmal aus ihrem Nachttopf Schnaps trinken. Der Topf war gläsern und reich verziert, und die Russen dachten wohl, was für ein schönes Glas das doch ist. Frau Hunsalz ekelte sich sehr und wollte nicht trinken, da wurden sie böse.

Der Staschina trank reichlich und gerne, und eines Nachmittags lag er im Bett einer unserer Mütter. Plötzlich stand ein junger Soldat im Zimmer, nahm Haltung an, und machte dem Staschina Meldung, was dieser aber gar nicht mitbekam. Wir verstanden nur das Wort Leutnant, sonst nichts. Wir dachten, vielleicht kommt »unser« Leutnant, der auf unserem Hof war. Der Soldat machte meiner Mutter per Zeichensprache deutlich, dass sie den Staschina wecken solle. Meine Mutter sagte: »Bajitze« (Angst), »Staschina pu pu« (schießen). Der Soldat ließ nicht locker und wurde ganz nervös. Schließlich nahm er den Arm meiner Mutter und stupste den Staschina leicht an. Der Staschina sprang sofort aus dem Bett, mit weitaufgerissenen Augen schaute er um sich. »Fraua nicht sprechen, bitte, Leutnant pu pu«, rief er. Er rannte schnell in Richtung Hinterausgang, und bemerkte gar nicht, dass er seine Waffe nicht bei sich trug. Das Koppel mit der Pistole lag in einem anderen Bett, und meine Mutter rief mir zu, dass ich es holen sollte. Sie lief hinter ihm her und gab ihm das Koppel. Er war jedoch immer noch total aufgelöst und sagte in einem fort »Fraua

nicht sprechen, bitte.« Er wollte seine Waffe prüfen, Mutti sagte »Karosch, (gut) paschlie (geh)«. Sie fasste ihn sanft am Arm und führte
ihn durch die Küche, von wo aus es eine Tür zum Garten gab. Meine
Mutti rief mir zu, dass ich die Betten gerade ziehen sollte. Inzwischen
war der Leutnant schon in unserem Zimmer, und fragte, ob es uns gut
ginge, ob die Soldaten gut seien und ob das Essen gut wäre. Dann ging
er in die Küche und fragte meine Mutter ebenso. Vom Staschina war
keine Rede. Der Leutnant und wir gingen durch das leere Zimmer
und das Wohnzimmer. Der Leutnant schaute kurz in die Räume der
anderen Haushälfte, in denen der Staschina und die anderen Soldaten
wohnten. Wir gingen weiter durch den Hauseingang auf die Veranda,
blieben dort einen Augenblick stehen, hörten und sahen wie der Staschina von der linken Hofseite her laut singend und torkelnd ankam.
Der Leutnant wechselte ein paar Worte mit ihm, die nicht unfreundlich klangen.

Obwohl unsere Mütter viele schlimme Erfahrungen gemacht hatten, denunzierten sie doch niemanden!

Aulenbach

Mitte Dezember 1945 zog der Leutnant, der auf unserem Hof gewesen war, samt dem Vieh nach Russland. Er fragte uns, ob wir mitkommen wollten, aber Mutti könnte auch weiter wirtschaften, es wäre doch schade um den schönen Hof. Später, in den 80er Jahren, schrieb ich Tante Gerda Harpeng an, um sie nach ihren Erinnerungen zu befragen. Gerda war die Cousine von Anneliese. Die folgenden Briefe bekam ich von ihr.

Liebe Helga!
Mein Mann war von Anfang des Krieges 1939
Soldat und kam auch nicht wieder. Wir mußten
schon im Oktober 1944 von zu Hause flüchten
und kamen nach Staggen zu meinen Eltern. Von
dort ging die Flucht gemeinsam weiter. Die
Straßen waren verstopft, man kam mit
Pferdewagen nicht weiter. So ließen wir
alles stehen und stiegen in Labiau in den
letzten Zug. Erst bis Königsberg –
schließlich bis zur Küste – sollten
verschifft werden leider – aber vielleicht
sollte es gut sein – viele Schiffe sind
untergegangen. Wir waren zum Teil
auseinander gekommen, mein Vater war schon
am 4.2. 1945 in Kiel gelandet – war per
Schiff durchgekommen. Als uns der Russe
schnappte, war schon Mitte April geworden.

Wir hatten auch auf der letzten Stelle Frau
Hunsalz und drei Bekannte von ihr getroffen
– so waren wir ein kleiner Haufen den man
kannte – man schickte uns nach Hause, kamen
zu Fuß bis Königsberg. Einige Tage später
trafen wir deine Mutter mit den kleinen
Kindern und Tante Emmi mit Lothar. So
wohnten wir dort im zerbombten Haus –
schließlich fanden wir nichts mehr zum Essen
und entschlossen uns nach Hause zu gehen.
Was uns dort erwartete wussten wir nicht. So
waren wir ein kleiner Trupp von 12 Leuten,
darunter 3 kleine Kinder und eine alte Frau
über 80 Jahre. Sie alle haben viel
geleistet, 120 km zu Fuß – wir waren 5 Tage
unterwegs – haben Mieten mit Kartoffeln oder
Rüben gefunden – abends gekocht. Öfter kamen
Russen vorbei – die warfen den Kindern Brot
zu. Schließlich landeten wir bei Frau
Hunsalz, da standen alle Gebäude, auch
Kartoffeln fanden wir noch. In der Scheune
sogar Roggen in Garben. Frau Butgereit,
Gisela und ich gingen ins Dorf, um nach
Wohngelegenheit zu suchen – im Dorf standen
nicht mehr viele Häuser – alle abgebrannt.
Als wir am Dorfteich standen kam mein Sohn
Hans-Georg und Helmut Warstat gegangen. Eine
Freude für mich – die Russen hatten ihn mir
weggenommen. Er war irgendwie ausgerissen
und allein die Strecke von Königsberg bis
Staggen gekommen. So kam er 14 Tage vor uns
an – Warstats waren zu der Zeit schon wieder
von der Flucht zurück, sie behielten
Hans-Georg bei sich. So blieben wir bei

Warstats, abends kamen dann deine Mutter mit den Kindern und deine Tante Emmi mit Lothar auch zu Warstats. Es war ja Platz genug, erst schliefen alle auf der Erde – dann hatte man Bettgestelle gefunden. Etwa 14 Tage später kamst du mit Tante Ida und Erika auch an. Eine Freude für deine Mutter, sie litt sehr – wußte ja nichts von dir. Jede Mutter war froh die Kinder bei sich zu haben, die Männer waren ja sowieso weg. Aber man war von der ganzen bösen Zeit so abgestumpft, hatte keine Tränen mehr. Deine Tante starb wohl einige Wochen später. So waren wir eine Familie geworden, 7 Erwachsene und 9 Kinder. Mühsam wurde Roggen gedroschen – mit Flegeln natürlich und mit zusammengesetzten Mühlsteinen gemahlen. Kartoffeln fanden wir noch auf dem Feld meiner Eltern, Vater hatte bevor wir flüchteten unter einem Dunghaufen die Kartoffeln versteckt – in der Nacht wurden die geholt, sie reichten für eine schöne Zeit. Oft kamen Russen vorbei, die uns das Brot wegnahmen. Auch die Kleider – die wir versteckt hatten, gingen mit. Zum Schluß hatte man nur noch was man gerade anhatte. So suchten wir in leerstehenden Häusern nach »Lumpen« und »Flicken«, die wir uns zusammenbastelten. Dann kam die Ernte ran – so mußten wir Frauen arbeiten gehen, Wasserlacken, auf eurem Hof usw. Auf eurem Hof war eine Soldatengruppe, da bekamen wir auch Mittag und Brot – konnten auch eine Kanne Magermilch mit nach Hause nehmen – es

war eine Hilfe für die Kinder. Mein Onkel
und Anneliese arbeiteten auch da. Als die
Arbeit zu Ende war entließen sie uns, es
blieben nur Onkel Franz, Anneliese und 2
Frauen. Inzwischen waren die Russen von
eurem Hof weggezogen, nahmen Onkel Franz,
Anneliese und 2 Frauen mit. Ende Januar 1946
kamen die Russen und holten deine Tante Emmi
und mich auch nach Hengstenberg auf Binders
großes Gut – die Kinder konnten mit – dort
war eine größere Viehherde, die wir füttern,
melken und im Sommer hüten mußten. Aber
inzwischen ward ihr alle auch nach Aulenbach
gebracht worden. Harpengs kamen auch dahin –
alle wohnten in einem Haus. Später kam auch
ich nach Aulenbach und arbeitete auf einer
Kolchose – nicht bei Ehmer. Deine Mutter und
auch Onkel und Anneliese arbeiteten bei
Ehmer. Als die Kolchose sich auflöste,
gingen wir nach Kienischken – da bekamen wir
auch schon Rubel, vorher nicht. Da waren wir
bis 1948 bis der Transport nach Deutschland
ging. Da wart ihr, Harpengs, Warstats, Tante
Emmi, auch Verwandte von uns aus Treinlauken
kamen erst nach Pirna – später wurden alle
verteilt. Harpengs und wir kamen nach
Frankenberg, ihr nach Dittersdorf, Warstats
nach Mecklenburg zu Verwandten – Tante Emmi
ging gleich nach dem Westen – jeder woanders
hin. An Frau Weiss kann ich mich gut
erinnern, sie fuhr nach Berlin, ob sie nach
Afrika hingekommen sein mag? Hans-Georg und
ich denken und sprechen oft davon. Sind 40
Jahre drüber vergangen, ob du Helga etwas

davon verwenden kannst? Ich wünsche es dir.
Recht liebe Grüße Dir, liebe Helga, von uns
allen

Tante Gerda

Weihnachten 1945

Liebe Helga,
viel gibt es da nicht zu berichten. Zu der
Zeit wohnten wir alle noch bei Warstats.
Deine Tante Emmi und ich arbeiteten auf
einer Kolchose (eurem Hof). Mitte Dezember
wurden wir entlassen, die Kolchose
aufgelöst. Somit fiel auch die Milch, die
wir jeden Abend nach Hause brachten, weg.
Rüben hatten wir im Sommer auf dem Feld
gepflanzt. Die Russen hatten sie uns
gelassen, so konnten wir öfter Sirup kochen.
Roggen hatte man aus verschiedenen Scheunen
mit Flegeln gedroschen und gemahlen. So
hatten wir auch zu Weihnachten Brot und
Sirup drauf, ein Festessen! Am Heiligen
Abend waren alle 7 Erwachsenen und 9 Kinder
in der Küche versammelt. Ein Tannenbaum
stand auch da, war mit Weihnachtsschmuck
behangen. Die wenigen Kerzen, die vorhanden
waren, wurden daneben angezündet. Die
Herdtür stand offen, um den Raum heller zu
erhalten. Deine Mutter saß am Feuer und las
die Weihnachtsgeschichte vor. Auch
Weihnachtslieder wurden gesungen, aber nur

leise, man wusste nicht, ob sich die Russen
sehen ließen. Wir waren froh und glücklich,
daß es so ruhig blieb. Bevor wir zu Bett
gingen, waren wir alle nach draußen gegangen
um die Stille zu genießen. Der Sternenhimmel
war so klar, als ob uns kein Leid geschehen
war. Wir erlebten eine schöne Weihnacht bei
Warstats, wohl auch die letzte Weihnacht in
der Heimat. In den nächsten Jahren war jede
Familie für sich. Im Januar 1946 wurden wir
alle zur Arbeit geholt, jeder der einzelnen
Kolchose zugeteilt. War gut so, man brauchte
keine Ängste ausstehen. Hans-Georg und ich
denken und sprechen oft davon. Sind 40 Jahre
darüber vergangen.
Herzliche Grüße

Tante Gerda

Zu der Zeit wohnten wir alle noch bei Warstats und verbrachten
noch das Weihnachtfest dort. Die Frauen wurden entlassen, und wir
beschlossen alle, nach Aulenbach zu gehen. Ich hörte später von Anneliese, die mitgezogen war, dass das Vieh krank und elend wieder
zurück kam, weil sie nicht über die Grenze gelassen worden waren.
Das war kurz vor Weihnachten. Es kam auch viel Militär und Zivilrussen mit zurück auf unseren Hof. Alles war voll belegt, und Tante
Anneliese bekam große Angst, denn sie sollte für alle kochen.
Eines Nachts in der Dunkelheit hörte Anneliese plötzlich eine ver-
traute Stimme. Sie freute sich sehr, als unter den vielen fremden Menschen der Sergeant auftauchte, den sie ja schon kannte. Er nahm sie
bei der Hand und blieb neben ihr, und besorgte alles, was nötig war.
Er war ein ganz liebenswürdiger und liebenswerter Mensch. Annelie-

se sagte immer: »Was er für ein gutes Elternhaus gehabt haben muss.«
Nun war unser Stall zu klein und sie siedelten nach Klein-Aulowönen
auf Binders Hof über. Dort war Tante Emmi mit Lothar und Tante
Gerda ein Jahr beim Vieh beschäftigt. Das Essen war nicht besonders,
aber sie hatten doch Milch nebenbei.

In Aulenbach suchten wir uns eine Wohnung in einem großen Haus,
einer ehemaligen Fleischerei. Wir bewohnten zwei Zimmer und Küche. Tante Maria kochte wieder für alle. Erika, Gustav und Richard
arbeiteten auf Bleijers Hof, der jetzt Kolchose genannt wurde. Morgens läutete eine Glocke zum Arbeitsbeginn.

In unserer Küche war ein gemauerter Herd, auf welchem unsere
Mütter aus Zuckerrüben Sirup kochten. Das dauerte sehr lange, und
sie rührten stundenweise abwechselnd, die ganze Nacht hindurch. Im
Garten hatten wir auch einiges angebaut. Mutti arbeitete auf einer anderen Kolchose, Gut Ehmer. Sie bekam Rubel und Naturalien: Mehl,
Zucker und Butter, während die anderen kein Geld bekamen. Gele-
gentlich konnten wir Milch holen. Einmal holten Tante Anneliese und
ich Milch. Eine junge, hübsche Russin bediente uns, sie schaute mich
an, und sagte auf russisch zu Tante Anneliese: »Schöne Tochter!«

Der Direktor auf Ehmers Hof war sehr korrekt und behandelte
auch die Deutschen gut. Es war die reellste Kolchose. Der Wirtschaftsinspektor der Kolchose war Ukrainer und sehr deutschfreundlich. Er war einige Jahre in Deutschland gewesen, und sagte immer:
»Deutschland schön.« Seine Töchter sprachen ebenso deutsch und
waren auch in ihrem Wesen nett. Überhaupt hatten wir keinen Grund,
uns über unsere Vorgesetzten zu beklagen, denn viele Deutsche sind
geschlagen und eingesperrt worden.

Tante Anneliese schrieb mir dazu folgenden Brief.

Liebe Helga!
Nach Aulenbach kam ich im Herbst 1947, ich
arbeitete bei Ehmer, deine Mutti auch. Wir
waren zusammen auf dem Holzplatz. Bei Ehmer

war auch das Büro. Ihr wart schon lange in
Aulenbach, meine Mutter mit Hans-Eckhard
auch, ich nicht, deshalb weiß ich auch wenig
davon. Ich weiß nur, daß Tante Gerda immer
der »Arzt« war und dem Einen und Anderen
half bzw. unterstützte, den Manfred
verarztete sie auch so gekonnt – sie war
schon immer so couragiert. Ihr Kinder, Du
und Gisela kümmertet euch so viel um
Hans-Eckhard, der noch bedeutend kleiner war
und nahmt ihn mit hinaus. Die Russen mochten
kleine Kinder und Kinder überhaupt gerne,
diese Feststellung habe ich immer wieder
gemacht. Als die rote Armee kam, wenn man
das kleine Kind sah – in den ersten Tagen
drückte und küsste man es. Ich hatte es
dadurch immer gut.
Herzliche Grüße Dir und den Deinen

Tante Anneliese

Eine ältere Dame war in den letzten Kriegswochen von Windhuk,
Südwest-Afrika, nach Königsberg gereist, um sich einer dringenden
Operation zu unterziehen. Königsberg war sehr entwickelt und galt
auch als uneinnehmbar. Sie wohnte in einem kleinen Häuschen direkt
neben unserem, und hieß Frau Weiss. Sie war Deutsche und ihr Mann
war deutscher Botschafter in Windhuk. Eines Tages war sie krank und
lag hilflos im Bett. Wir brachten ihr Tee und Essen, unter anderem
Kartoffelflinsen (Kartoffelpuffer). Wir hackten Holz, trugen es in die
kleine Stube, heizten den Ofen und putzten die Wohnung. Sie lag im
Bett und sagte voller Dankbarkeit:»Das werde ich mal eurem Vater
erzählen, was er für liebe Kinder hat!« Leider warteten wir vergeblich

auf unseren Vater. Wir litten sehr darunter.

Frau Weiss war alt und krank, und nur wer arbeitete, bekam eine Lebensmittelkarte und Rubel. Und Rubel brauchte man auch später für die Ausreise. Frau Weiss sagte immer: »Ich kann nicht stehlen, habe es in meinem ganzen Leben nicht getan.« Mutti sagte: »Ich kann das auch nicht! Mein Vater besaß über hundert Morgen Land und war Bürgermeister! Aber soll ich zusehen wie meine Kinder verhungern?«

Der freundliche ukrainische Wirtschaftsinspektor hatte auch mit Frau Weiss Mitgefühl. Er sagte: »Afrikanske starre (alt), nix rabotti (arbeiten)«. Und weiter: »Afrikanske morgens gucken, ich schreiben, dann da meu (nach Hause gehen), abends wieder gucken, ich schreiben.« Ich war oft dabei und kann mich noch genau an den Mann erinnern: er war groß und schlank und sehr freundlich. Im Winter, bei Schnee, begleitete ich Frau Weiss dort hin, weil sie schneeblind war.

Ich erinnere mich noch gut an das erste Weihnachten in Aulenbach. Wir waren alle im vorderen großen Zimmer versammelt, auch Frau Weiss. Wir hatten einen Tannenbaum und Kerzen, eine warme Stube und zu essen. Wir Kinder sangen: »Hört ihr Herrn, lasst euch sagen...«, sagten Gedichte auf, und sangen Weihnachtslieder. Am nächsten Tag fragten die Russen, was denn gestern Abend bei uns gefeiert wurde, sie hatten uns nämlich singen gehört. Wir waren sehr dankbar und froh darüber, dass sie uns in Ruhe feiern ließen. Später, am 9.4.1948, kam Frau Weiss mit unserem Transport nach Berlin, wo eine Schwester von ihr lebte. Kurz darauf ging sie wieder nach Windhuk. Von Berlin schickte sie uns folgende Briefe.

Berlin, den 12.5.1948

Liebe Frau Kaupat!
Vielen Dank für Ihren lieben Kartengruß, wie schön, daß Sie so gut untergekommen sind und daß die Kinder schon zur Schule gehen!
Gestern war ich bei Ihren Verwandten, Frau

Broszeit hatte gerade Maurer, aber ihrer
Schwester mußte ich viel von Ihnen allen
erzählen, sie freuten sich sehr - ich will
ihnen gleich Ihre Anschrift mitteilen. Mir
geht es gut, ich habe mich schon recht
erholt - besuche meine Schwester, durch
deren Anschrift Sie mich immer erreichen.
Ich bin in Teltow untergekommen unter den
Lindbergen 2. Ich würde mich freuen, wenn
ich wieder einmal von Ihnen und den Kindern
hören würde. Ihnen und den Kindern nochmals
Dank für alles Liebe.

Ihre Elisabeth Weiss

Berlin-Steglitz, den 25.8.1948
Meine liebe Frau Kaupat, liebe Helga!
Vielen Dank für Ihren lieben Gruß, für die
so schön geschriebene Karte von Helga. Wie
schön, daß die Kinder jetzt zur Schule gehen
und solch hübsches Schulfest mit
Aufführungen hatten. Mir geht es ganz gut.
Ich bekomme mit jeder Luftpost aus Afrika
Briefe, seit meine Anschrift in Südwest
bekannt ist, und seit Freunde die
Todesanzeige von meinem Mann in die
Windhuker Zeitung setzten. Unsere Freunde
draußen bemühen sich für mich die
Einreiseerlaubnis zu bekommen. Ein Päckchen
kam auch schon, leider verdorben, an: eine
Dose mit Gulasch war explodiert. Von

Kleindienst hörte ich, sie sind in der
Uckermark bei Verwandten. Wo sind Harpengs?
Ihnen und Ihren lieben Kindern herzliche
Grüße. Ich denke Ihrer in Dankbarkeit und
Liebe.

Ihre Elisabeth Weiss

                    Berlin, den 29.12.1949
Meine liebe Frau Kaupat und Kinder!
Am Heiligen Abend – schon in der Adventszeit
– in den Weihnachtstagen gingen meine
Gedanken zu allen Lieben mit denen wir die
Jahre in Aulenbach verlebten. So gedachte
ich Ihrer und den lieben Kindern in steter
Dankbarkeit. Wie viel Liebes und Gutes haben
Sie mir erwiesen in der schweren Zeit. Ich
lasse meine Gedanken zurück wandern – wissen
Sie noch unser schönes Weihnachtsfest – wie
die Kinder sangen und Gedichte aufsagten:
»Hört ihr Herrn und lasst euch sagen?« Mir
ist es wie ein Wunder, daß ich damals alles
überlebt habe. Wie mag es Ihnen ergangen
sein im letzten Jahr? Haben die Kinder gute
Fortschritte in der Schule gemacht? Haben
Sie Nachricht von Ihrem lieben Gatten
erhalten? Meine Schwester wartet immer von
Tag zu Tag mit ihrer jungen Schwiegertochter
auf die Rückkehr ihres letzten Sohnes. Was
macht ihr Herz? Mir hat es sehr viel zu

schaffen gemacht und ich war lange krank –
nun geht es mir, Gott sei Dank besser und
ich hoffe bald nach Afrika reisen zu können.
Mit Familie Kleindienst bin ich dauernd in
brieflicher Verbindung – Sie wissen ja, daß
der liebe Berthold gestorben ist. Mit Doktor
Geinetz und seiner Frau Frieda bin ich auch
in Briefwechsel, sie haben ein kleines
Töchterchen – Frau Schwarzenecker schrieb
aus Bayern – Ursula ist konfirmiert, besucht
die Handelsschule, ist aber jetzt recht
krank. Gertraud ist schwächlich, aber gesund
und gut in der Schule. Herr Schwarzenecker
hat mit seinem Bruder eine Autowerkstatt.
Nun wünsche ich Ihnen ein gutes neues Jahr –
Gott befohlen. Herzliche Grüße an Sie und
die Kinder.

Ihre Elisabeth Weiss

Als wir bereits in Dittersdorf lebten erreichte uns folgender Brief
von Frau Weiss.

Gamas, den 22.6. 1953
Meine liebe Frau Kaupat und Kinder,
das war mir eine große Freude, als ich von
Ihnen Post bekam und daraus ersah, daß es
Ihnen ganz gut ergeht. Zu schön – daß die
Kinder Freude an der Musik haben – sie
konnten schon so schön singen als sie klein
waren. Gerade neulich, als mir Kinder: »Hört
ihr Herrn und lasst euch sagen« vorsangen,

sagte ich: »Das haben uns liebe Kinder an einem Weihnachtsfest in schwerer Zeit vorgesungen.« Ich sah sie alle in Erinnerung vor mir – wie lieb waren sie alle zu mir, oft haben die Kinder mir Holz gebracht, mir Kartoffelflinsen gebacken, wissen Sie noch? Ich bin dem lieben Gott immer von neuem dafür dankbar, daß ich wieder in meinem schönen Heim bin. Mir geht es hier viel besser als in Europa – mein Herz hatte sich in den jungen Jahren schon so auf Höhenluft eingestellt – dass ich mich in 1700 Meter Höhe viel wohler fühle als in der Nähe der Seeküste. Nun will ich den Kindern, besonders Manfred noch allerlei von Südwest erzählen. Briefmarken kommen auch mal, auch ein Bild von mir, damit die Kinder behalten, wie die alte Omitante Weiss aussieht. Wir haben immer schönes Wetter, kenne keine Jahreszeiten wie in Deutschland, wir haben nur eine kalte Trockenzeit und eine Regenzeit, die ist von Weihnachten bis in den Mai hinein, sie bringt aber nicht alle Tage Regen, oft aber schwere Gewitter und damit wolkenbruchartigen Regen. Nur oben im Lande, wo es schon subtropisch ist, kann man auf Regen Ackerbau treiben, sonst im Lande nur dort, wo es Quellen gibt, wo atesisches Wasser aus dem Boden fließt. Mein Neffe war ein halbes Jahr auf solcher Farm im Nordosten des Landes, sie hatten dort im Jahr drei Ernten, Weizen und dann zweimal Mais, dann viele Apfelsinenbäume und viel Gemüse. Obst wie in Deutschland gibt es hier

kaum, Beerenobst schon gar nicht. Dort in
Gainatzeb, wo Claus war, waren viele
Elefanten, die ihnen immer die Einzäunung
kaputt machten. Einmal fingen sie dort oben
ein Elefantenbaby, dessen Mutter tot war,
das Elefantenkind wurde mit einer großen
Flasche großgezogen, es war sehr anhänglich
an die junge Farmerfamilie, die es immer
fütterte. Ich sah das kleine Elefantenbaby,
als es durch Windhuk kam, um in die Union
nach Südafrika verschickt zu werden, es kam
zu einem Herrn, der einen großen Zirkus
hatte. Als ich einige Zeit bei seiner
Pflegemutter gestanden hatte, die Milch für
das Elefantenkind holte, machte sich der
Elefant aus meinem Rock einen Schnuller und
nuckelte solange herum, bis seine richtige
Pflegemutter kam. Jungens wollten ihn
ärgern, da nahm er aber ganz schnell seinen
Rüssel und haute um sich, seine
Elefantenhaut war ihm noch zu groß und er
sah aus, als ob seine Beine in zu weiten
Hosen steckten, er ließ sich von mir
streicheln, kam oft mit seinem weichen
Rüssel. Ein junges Nashorn haben sie auch
neulich gefangen, Nashörner sind aber sehr
böse Tiere. Oben im Lande an einer großen
Salzpfanne, an der Etoschapfanne, ist jetzt
ein Wildreservat, dort sind viele Giraffen
und auch Löwen, die lassen die Autos ganz
nah rankommen, sind gar nicht so böse, sie
sind auch wohl immer satt, die Elefanten
dort oben können nur dann beschaut werden,
wenn der Wind abseits von ihnen steht, sie

sollen sich aber auch schon an die Autos
gewöhnt haben, viele Strauße gibt es im
ganzen Lande, viele Kudus, das sind
Antilopen, die so groß wie ein Hirsch sind.
Ich suche für Euch mal von allen Tieren
Bilder, damit Ihr sie sehen könnt. Schlangen
gibt es hier viele, meistens sind sie sehr
giftig, ich mag sie gar nicht leiden und bin
froh über meine Katzen, die sie verjagen.
Ganz große Schlangen gibt es auch, die 4 bis
5 Meter lang werden, zerdrücken ohne
weiteres ein ganzes Kalb, sie heißen
Pythons. Nun wollt Ihr sicher auch noch von
Affenherden hören, die wohnen meistens hoch
oben auf den Bergen und machen, wenn
Menschen kommen, oft viel Lärm. Auf der Farm
auf der mein Neffe ist, haben sie neulich
einen kleinen Terrier zerrissen, ihm die
ganzen Därme rausgerissen. An Haustieren
gibt es hier auch alles, es gibt nur keine
Ställe, alles Vieh weidet immer draußen,
kommt nur in der Nacht in Kräle, das sind
Umzäunungen, die das Tierzeugs vor Raubzeugs
schützen. Oben bei Claus wurden, wie ich da
war, 250 Kühe gemolken, das machen die
schwarzen Ovambos, unter Aufsicht natürlich.

Mein Diener Petrus, er ist sehr ordentlich,
holt mir gerade die Post aus Windhuk. Er ist
schon 50 Jahre alt – der seine alte Missis
sehr umsorgt. Jeden Abend sagt er zu mir:
»Schlafe gesund aus, meine gute Missis.« Und
am anderen Morgen begrüßt er mich mit den
Worten: »Bist du gut aufgewacht?« Ich sorge

natürlich sehr gut für ihn, er wohnt in
einem schönen Haus, das mein Mann noch
gebaut hat, ein Zimmer, Küche und Veranda,
oft kommt seine Familie ihn besuchen, er ist
aber lieber allein und sagt: »Frauenmenschen
machen oft zuviel Krach, besser nur mal auf
»Passiona« (Besuch kommen), nicht immer in
Petrus Haus sein.« Heute Morgen sagte er:
»Ombepera«, das heißt kalt, es war
tatsächlich Eis auf dem Hühnerwasser, aber
bald war die liebe Sonne schon wieder ganz
warm. Holz hat Petrus mir aber in den Kamin
gelegt, das wird dann abends angezündet. Nun
soweit von mir, grüßen Sie Ihre lieben
Verwandten von mir und alle Bekannten – die
noch von mir hören wollen. Mein Dank kommt
so spät, weil ich lange auf der Farm war,
nun aber nochmals Dank und Ihnen allen alles
Gute und liebe Grüße von

Ihrer Elisabeth Weiss.

Eines Tages, beim Kartoffelnroden, sagte eine Russin zu meiner
Mutter, sie solle sich einen Sack Kartoffeln verstecken. Meine Mutter
macht mit Zeichensprache deutlich, dass sie zu schwach ist und nicht
kann. Da nimmt die Russin einen großen Sack Kartoffeln, trägt ihn in
einen nahegelegenen Graben und deckt ihn mit Kartoffelkraut ab. Sie
zeigt auf die Ziffer 10 an ihrer Uhr, deutet in eine bestimmte Richtung
und sagt:»Dort Patrouille.« Abends, als es dunkel wird, gehen meine
Mutter, mein Bruder und ich mit Beuteln und Taschen durch unseren Garten den Hang hinunter. Durch die Wiesen mit den großen Ap-
felbäumen, welche die Russen mitten im Sommer umpflanzten, und

die dennoch angewachsen waren. Das Obst wurde nie richtig reif, die Menschen hatten zuviel Hunger. Wir gingen durch weitere Wiesen, immer hinter den Häusern entlang, bis zum Gut Ehmer. Wir mussten durch die Drahtzäune kriechen und darauf achten, dass sie kein Geräusch abgaben. Einmal bellte ein Hund. Der Mond ging auf und es wurde beinahe taghell. Wir kamen am Graben an und füllten unsere Beutel und Taschen. Das war eigentlich schon zu schwer für uns. Wir gingen denselben Weg zurück, und lagerten die Kartoffeln im Garten. Das Ganze wiederholte sich einige Male. Schließlich schafften wir sie vom Garten aus ins Haus, was immer noch ein langer Weg war, der zudem steil bergauf ging. Im Haus versteckten wir die Kartoffeln unter den Betten.

Einmal gingen wir über die Apfelbaumwiese und fanden ein schönes Heunest mit vier Äpfeln darin. Es war der 2. Oktober 1946, Mutters Hochzeitstag. Wir waren jetzt zu viert, mein Vater würde nicht wieder kommen, aber das verstand ich erst viel später.

Als es wieder einmal mehrere Tage fast nichts zu essen gab, fragt Mutti bei der Kartoffelernte in der Kolchose eine Russin: »Was kuscheli (Was habt ihr zu essen)?« Die antwortet: »Kapusta und Klep (Kohl und Brot), und sonst nichts.« Weiter sagt sie zu Mutti: »Wenn du nicht Tasche stecken, deine Kinder alle kaputt.« Sie dreht sich um und sagt: »Fraua, ich nicht gucken, schnell Tasche stecken!« Und etwas später dann: »Fraua fertig Tasche stecken?«

Eines Morgens bringt eine Russin eine Spitztüte Bonbons mit zur Arbeit, und gibt auch allen deutschen Frauen von ihrem Reichtum. Zum Schluss gibt sie den Rest meiner Mutter und sagt: »Für deine Kinder, mein Mann kaufen auf Basar in Insterburg.« Dabei war es den Russen bei strenger Strafe verboten uns zu helfen.

In Aulenbach gab es ein Bahngleis, darauf stand eine Lokomotive, die Tag und Nacht geheizt wurde, um Strom für die Offiziere und den Kolchosendirektor zu produzieren. Die Frauen mussten mit Eimern Wasser für die Lok heranschaffen. Meine Mutter war aber schwach und herzkrank. Eine junge Russin kam auf sie zu, und sagte: »Fraua meine Arbeit machen, ist leichter, ich Wasser tragen, ich jung.«

Eines Tages mussten Mutti und sechs Russinnen auf dem Feld Rüben hacken, die Frauen sagten:»Nix kuscheli, nix rabotti (nicht essen, nicht arbeiten)«, eine sagte zu Mutti:»Fraua spit (schlafen)«. Sie soll sich in die Sonne schlafen legen, machte die Frau ihr deutlich. Meine Mutter hatte Angst und sagte, sie dürfe das nicht. Wenn Patrouille, dann »pu pu«, die Russin sagte:»Nemmetzki net pu pu (auf Deutsche nicht schießen), pa Ruski pu pu (aber auf Russen schießen).« Mutti hackte weiter Rüben, aber die Russin bestand darauf, dass sie sich hinlegte. Eine Frau sollte Schmiere stehen. Da Deutsche wie Russen wenig zu essen hatten, waren alle müde und schliefen ein. Bis ein schimpfender Soldat zu Pferd vor ihnen stand. Die junge Russin ließ sich aber nichts gefallen, sie schimpfte, schrie und spuckte auf die Erde.

Im Dorf gab es eine provisorische Post in einer Baracke. Dort standen große Säcke vollgefüllt mit Briefen und Karten, die nicht ausgeliefert wurden. In der ganzen Zeit, in der wir in Aulenbach wohnten, bekamen wir keine Post. Einmal kam Tante Emmi aus Lauknen und brachte Fische mit. Damit gingen wir zur Post und gaben sie den Angestellten, daraufhin durften wir alle Postsäcke ausschütten und brachten für alle, die wir kannten, Post mit. Es waren auch Karten von Muttis Brüdern dabei. Bevor Tante Emmi wieder nach Lauknen ging, betete sie mit Mutter und sie sangen noch:»Jesu geh voran auf der Lebensbahn.«

Im Dorf gab es ein sogenanntes An+Ver (An- und Verkauf), wo man Korn kaufen und verkaufen konnte. Eines Nachts gingen Onkel Richard und Erika zum An+Ver und bohrten Waggons von unten an. Sie fingen das Korn in Säcken auf. Die Gärtnerei Schwarznecker hatte einen Mühlstein, den man mit einer Handkurbel antreiben konnte. Dort brachten sie das Korn hin und mahlten es zu feinem Mehl. Dann wurde Brot gebacken. Das Brot bewahrten wir in einem offenen Regal in unserem Schlafzimmer auf.

Beim Mittagessen kochen half ich Tante Maria. Einmal schüttete ich einen kleinen Eimer Gartengurken auf den Tisch aus, dabei fiel eine herunter und rollte unter das Bett. Ich bückte mich, wollte gerade die Gurke hervorholen, da kommt sie von alleine vorgerollt. Ich schaue und sehe plötzlich in zwei Kinderaugen. Zuerst weiß ich gar nicht, was ich denken soll und rufe schließlich meine Tante. Ein etwa achtjähriger Junge liegt unter unserem Bett, und hat ein großes Brot angebissen. Es stellt sich heraus, dass er aus dem Waisenhaus geflohen war. Die Kinder im Waisenhaus waren fast verhungert. Als ich selbst einmal beim Holzsuchen am Waisenhaus vorbei kam, sah ich die Kinder, wie sie sich zu mehreren an den Händen festhielten und sich ganz langsam im Kreis bewegten. Ich begriff nicht, dass sie so abgehungert waren, dass sie kaum noch alleine gehen konnten. Später erfuhren wir, dass die Waisenhausleitung die Lebensmittel, die sie vom Roten Kreuz bekamen, auf dem Schwarzmarkt verkauft hatten.

Mein Bruder war an Ruhr erkrankt, was zu dieser Zeit lebensbedrohlich war. Starke Bauchschmerzen plagten ihn, Durchfall kam hinzu. Ich hatte große Angst um ihn. Immer wenn er aufs Töpfchen musste, schrie ich vor Angst und mein Herz schlug bis zum Hals. Ich konnte das alles nicht begreifen, fragte laut: »Warum gerade wir? Warum muss es uns so hart treffen?« Ich rief dann immer nach Tante Gerda. Sie kam sofort und half mit Naturkräutern; Medikamente gab es ja nicht.

Onkel Gustav war schon länger krank, hatte Probleme mit der Luft. Als er starb, stellte ein Medizinstudent den Tod fest, denn Ärzte gab es nicht. Gustav war ein ruhiger, lieber Mensch. Er sagte stets: »Gebt man erst den Kinderchens.« Als er nicht mehr bei uns war, waren wir ganz den Schikanen von Richard ausgesetzt. Wenn er mit seinen Klumpen (Holzschuhe) um die Ecke brauste, brachten wir Kinder uns in Sicherheit. Richard holte große und dicke Balken aus unbewohnten Häusern. Er stellte einen Sägebock in die Küche und legte einen Balken auf. Wir mussten ihm dann beim Sägen mit der großen Schrotsäge helfen. Er riss wie wild an der Säge, dass wir nur so herumflogen, es musste alles ganz schnell gehen. Dabei schimpfte er laufend mit uns.

Es wurde überall nach Brennmaterial gesucht, auch in der Kirche. Ich holte nichts aus der Kirche, ging aber einmal vorsichtig hinein. Konnte es gar nicht fassen, wie es da aussah, fast keine Bänke mehr darinnen und alles unordentlich. Die Empore, wo ich sonntags immer mit meiner Freundin Elfriede Baltruweit gesessen hatte, war noch da, aber alles war so anders, so unheimlich. Als ich aus der Kirche kam, wollte ich mich noch weiter nach Brauchbarem umschauen. Zunächst ging ich ins Pfarrhaus, aber es war völlig leer. Gegenüber war ein abgebranntes Haus. Ich ging dort hin, um vielleicht etwas zu finden. Im Garten, an einem Hang, lagen etwa zwanzig tote, deutsche Soldaten. Ich war wie gelähmt und fassungslos. Die Soldaten sahen unverletzt aus, sie hatten noch ihre vollständigen Uniformen an. Einerseits wirkten sie wie schlafend, und andererseits als hätte man sie in einer Reihe abgelegt. Die Russen konnten sie noch nicht entdeckt haben, denn sonst hätten sie ihnen wenigstens die Stiefel weggenommen.

Meine Mutter wollte einmal nach dem Hof ihres Vaters schauen. Der lag außerhalb des Dorfes Staggen. Das Haus stand noch, aber zwei Ställe waren abgebrannt, alles war verwüstet und es war kein Mensch mehr da. Meine Mutter schrieb mir dazu folgendes auf:

Auf dem väterlichen Hof sah es schrecklich verwüstet aus, der kleine Stall mit Speicher, sowie der Schweine- und Jungviehstall abgebrannt, alles andere stand noch, wenn sie es nicht später abgebrochen und zu Brennmaterial gemacht haben, ich war nämlich länger nicht mehr dort. Bei uns sah es auch schrecklich aus, das Oberstübchen mit Dielen, Wände, Fenstern, Türen, alles was von Holz war, wurde verfeuert. Später, als Zivilbevölkerung reinkam, wurde es verboten. Im ersten Sommer wurde bei Seidenbergs die ganze Ernte von der nächsten Umgebung eingefahren und ausgedroschen. Kurbjuhns und Willhelm Hunsalzs Scheunen waren abgebrannt. Dann wurde dort nichts

mehr gesät, nichts mehr geerntet, nur Futter
fürs Vieh gemäht, und in Heuhaufen
zusammengebracht, die wurden später gepresst
und per Bahn abgeliefert. Bewirtschaftet
wurden die Stagger Grundstücke von
Wasserlacken (Nolde), da war eine Kolchose,
wie sie von den Russen genannt wurde. Es
waren dort Russen und auch Deutsche zum
Arbeiten. Frau Martha Hunsalz war auch von
Frühjahr bis nach Weihnachten auf ihrem
Grundstück, mit mehreren Familien zusammen.
Die Frau von Fritz Hunsalz wohnte auch auf
ihrem Grundstück, alle anderen Besitzungen
waren unbewohnt. Alle zogen nach Aulenbach,
nachdem wir nichts mehr hatten. In Aulenbach
wurde nicht mehr geplündert.

Nachdem wir den Hof angesehen hatten, gingen wir auf den Fa-
milienfriedhof, der ganz in der Nähe lag. Gleich beim Eingang stand
eine Trauerbirke. Wir gingen an Großmutters Grab. Über den Großvater, der zum Räumungsbefehl noch lebte und mit dem Pferdefuhr-
werk versucht hatte, nach Westen durchzukommen, erfuhren wir erst
Jahre später, dass er erschlagen worden war. Mein geliebter Großvater, freundlich, ruhig und lieb zu uns Kindern, musste so umkommen!
Er war einmal Landtagsabgeordneter und bis 1933 Bürgermeister von
Staggen gewesen. Im ersten Weltkrieg war ein russischer Pfarrerssohn
als Kriegsgefangener beim Großvater. Meine Mutter war damals sieben Jahre alt. Sie erzählte uns, wie der junge Soldat ihr den Sternenhimmel erklärt hatte, und schöne Geschichten von Wölfen aus dem
zauberhaften Russland erzählt hatte. Die harte Arbeit auf dem Bauernhof fiel dem Soldaten zunächst schwer, aber er war froh, es so gut
bei Großvater getroffen zu haben. Auch die Eltern aus dem weiten

Russland schrieben, und dankten Großvater für seine liebe und gute Behandlung ihres Sohnes. Nach Ende des Krieges brachte Großvater ihn mit dem Fuhrwerk nach Insterburg, als dort der Transport zusammengestellt wurde.

Auf dem Rückweg nach Aulenbach gingen wir bei Tante Emmas Haus vorbei, denn wir wollten sehen, was mit dem Gehöft war. Es war schrecklich: Die Möbel waren zum Teil zerstört, Polstermöbel fehlten ganz, der Boden war bedeckt mit zerbrochenem Glas und Schmutz, was man nicht mitgenommen hatte, war aus dem Fenster in den Garten geworfen worden. Dort bildete der Hausrat einen Wall. Was nicht sowieso kaputt war, verwitterte jetzt. Kühe, Pferde, Hühner – alles weg, selbst der Hund war nicht mehr da. Wir suchten nach Familienfotos und konnten auch welche finden. Ich kann es nicht in Worte fassen, welch ein Gefühl das war, welche Gedanken mir durch den Kopf gingen. Die Räume, in denen man vor zwei Jahren noch glücklich, Heimatlieder singend zusammen gesessen hatte, waren jetzt völlig verwüstet.

Die Tante im Ural verstorben, ihr Haus so einsam und verlassen, ich kann es nicht begreifen. Beklemmende Unruhe befällt mich, wie ist so etwas möglich? Noch heute sehe ich mich da stehen, zwei Schritte im Wohnzimmer, Richtung Fenster schauend.

Von Tante Emma aus gingen wir zu unserem Hof. In der Soldatenstube wohnte ein junges russisches Paar mit einem kleinen Kind. Als wir hereinkamen, fragte die Frau meine Mutter, freundlich und in gutem Deutsch, ob das ihr Hof sei. Mutti sagte: »Ja.« Die Frau erwiderte, sie gingen wieder nach Hause, Mutti könnte weiter wirtschaften, es sei schade um den schönen Hof. Mutti und ich standen in der großen Stube, die fast leer war, nur einige Kleinmöbel standen an der Wand. Ich versuchte mir alles in Erinnerung zu bringen, wie es früher gewesen war. Der schöne Kachelofen stand noch, aber die begehrte Ofenbank und der große Ausziehtisch, an dem die Soldaten mit uns gespielt hatten, samt der Stühle waren nicht mehr da. Auch die Betten und der Kleiderschrank der Soldaten waren verschwunden. Die Stube war unendlich groß – verlassen sah alles aus – unbegreiflich für mich. Was es aber für meine Mutter bedeutet hat, kann ich nicht in Worte fassen. Alles was meine Eltern und Großeltern erarbeitet und erspart hatten, war weg, wie nie dagewesen. Ein ganzes Lebenswerk zerstört! Als kranke Mutter, ohne Mann, mit drei Kindern, von denen eins auch sehr krank war, war es völlig unmöglich, den ausgeräumten Hof, ohne Tiere, Geräte und Maschinen, weiter zu bewirtschaften.

Zwar war es unter den Alliierten schon lange beschlossene Sache, dass wir unsere Heimat verlassen müssen, aber davon wussten wir noch nichts. Wir hatten keine Ahnung was mit uns geschehen sollte. Ich als Kind hatte den festen Glauben daran, dass wir nur vorübergehend in Aulenbach bleiben würden, und dann wieder nach Hause gingen, und alles würde wieder so sein, wie es gewesen war. Ich konnte mir nicht vorstellen, dass alles bisherige zu Ende sei.

Wir sahen uns noch alles an und gingen dann bald wieder los.

Wir kamen an meiner Schule in Streudorf vorbei. Alles war leer, auch die Lehrerwohnung, die eine Tür zum Schulzimmer hatte. Nur ein paar Bücher lagen noch auf dem Boden herum. Wir suchten noch nach etwas Verwertbarem und gingen dann schließlich wieder nach Aulenbach.

Einmal ging ich mit meinem Bruder Brennholz suchen. Wir haben keinen Wagen, sondern nur eine Kette. Damit umschlingen wir Bretter und Zaunstaketen und schleifen sie auf der Straße entlang nach Hause. Plötzlich kommt ein Russenjunge hinterhergelaufen, und stellt sich dauernd auf die Bretter. Ich muss stehen bleiben, gehe nach hinten, der Junge läuft ein paar Schritte weg. Aber sobald ich mein Holz anziehe, springt er wieder drauf. Das Spiel geht eine ganze Weile, endlich geht der Junge weg.

Mutti hatte uns die Kopfhaut gegen Schuppen mit Fett eingerieben, dadurch waren die Haare verklebt. Richard nahm einen Kamm und versuchte, die Haare auszukämmen. Dabei schimpfte er: »Es wäre besser, eure Mutter würde euch das Fett zu essen geben, als es in die Haare zu schmieren!« Als Mutti von der Arbeit kam, schimpfte er mit ihr, statt ihr beizustehen. Richard sagte zu ihr: »Wie kann man in dieser schlechten Zeit nur drei Kinder haben?« Mutter sagte: »Wo sind deine Kinder?« Er hatte sich immer gerühmt, keine Kinder zu haben. Richards Frau und seine Nichte Valerie waren zusammen mit anderen Frauen, mit Handwagen und wenig Gepäck, auf dem Weg nach Staggen, als ein Laster mit Soldaten hielt. Alle Frauen, die keine Kinder hatten, wurden mitgenommen.

Eines Tages traf eine Postkarte von Valerie aus dem Ural ein, auf der sie ihm mitteilte, dass seine Frau an Typhus gestorben sei, und in einem Massengrab beigesetzt worden war. Ich sehe meinen Onkel noch stehen, mit der Karte in der Hand – das hat ihn hart getroffen! Richard ging oft nach Hause zu seinem Grundstück. Am 9.3.1947 sagten uns Arbeiter Bescheid, dass sie Richard am Hügel bei Zinaus tot aufgefunden hätten. Da er herzkrank war, erlag er wahrscheinlich einem Herzschlag. Am 25.3.1947 wurde er auf dem Friedhof hinter der Kirche in Aulenbach beigesetzt. Es gab keinen Pfarrer und so hielt unsere Mutter eine kleine Andacht.

Eines Tages kam ein neuer Kolchoseninspektor, den sie alle »Wolf« nannten. Er hatte schwarzes Haar und dunkle Augen, und trieb die Menschen zur Arbeit an, auch sonntags. Damals kamen sie auf die Idee, nur noch alle zehn Tage einen Sonntag zu machen. Zum Glück kam es aber doch nicht so. An einem Sonntag kommt der »Wolf« auch zu uns, Mutti soll arbeiten. Mutti ist schwach und kann nicht. Sie versteckt sich auf dem Dachboden, er geht die Treppe hoch und schaut in alle Richtungen, Mutti sieht seine gefährlichen, schwarzen funkelnden Augen, aber er sieht sie nicht.

Im Frühjahr wurden einzelne Felder wieder gepflügt und auch Mist sollte hineinkommen. Frau Weiss musste jetzt, nachdem der gute Inspektor nicht mehr da war, auch arbeiten. Ein fünfzehnjähriger Junge pflügte, und die Frauen sollten den Mist ausstreuen. Es pflügt sich aber schlecht, mit dem Mist in der Fure, zumal er keine Übung hat. Mutti sagt zu dem Jungen:»Mach uns mal drei tiefe Furen und da kratzen wir den ganzen Mist rein.« So gesagt, so getan. Frau Weiss regte sich aber auf:»So geht das doch nicht, ist doch nicht richtig!«, und so weiter. Mutti sagte:»Wir haben wenig Kräfte und können das nicht schaffen. Es wächst sowieso nicht viel, weil nichts mehr daran gemacht wird.« Abends kam eine Patrouille zu Pferd, der Soldat strahlt: »Fraua karosch rabotti (Frauen gut gearbeitet).« Im Spätsommer wurde das Getreide gedroschen und das Korn alles auf einem Feld zu einem großen Haufen zusammen gefahren. Dort war es der Witterung ausgesetzt und verkeimte. Wir verstanden das nicht, denn es gab ja noch Scheunen.

Unsere Mütter leisteten Übermenschliches für ihre Kinder, ihr Leben war von Verzicht geprägt und mit Sorgen beladen. Mutter ging es nicht gut, sie sagte mir ihre Krankheit. Von nun an musste ich damit rechnen, dass sie jederzeit sterben könnte. Ich bin den ganzen Tag in großer Unruhe. Wird sie wiederkommen?

Ich frage wieder: »Warum gerade wir?« Es ist eisige Kälte draußen, es gibt nichts zu essen, drei Kinder schutzlos zu Hause, wie soll eine Mutter das durchstehen? Bin glücklich, wenn Mutti abends nach Hause kommt. Sie musste trotz ihrer Krankheit und Schwäche mit anderen Frauen von den Hausdächern Holz holen. Um sich zu wärmen machten sie sich auf dem Hof Feuer. Nachts saß ich oft wach im Bett und lauschte, ob meine Mutter noch atmete. Ich hatte unheimlich Angst, dass man nach dem Tod meiner Mutter uns Geschwister trennen würde. Todesängste, die ein Kind ertragen muss. Frage immer wieder: »Warum?« Darauf gibt es keine Antwort.

Eine russische Ärztin gibt Mutti jeden zweiten Tag eine halbe Herztablette, sie sagt, Mutti müsste jeden Tag eine Tablette nehmen, aber sie habe leider zu wenige.

Später, im Laufe des Jahres 1947, kam immer mehr Zivilbevölkerung von Russland nach Ostpreußen. Stalin hatte ihnen gesagt, die Deutschen seien vertrieben worden und es sei alles da, Vieh, Hausrat und so weiter, sie bräuchten nur weiter zu wirtschaften. Wie waren die Menschen enttäuscht, sie sagten: »Stalin scheiße!« Eine Russin sagte zu meiner Mutter: »Wo deine Chitler? Deine Chitler kaputt!« Mutti sagt: »Gut, dass Hitler kaputt ist, jetzt Stalin, jetzt Sowjetparadies.« Die Russin spuckte und schrie: »Stalin scheiße!«

Die Russen brauchten jetzt immer mehr Wohnraum, die Warstats zogen weg und wir mussten in unserem Haus nach oben ziehen. Dort war im Flur ein großes Bombenloch, weshalb sie uns die Wohnung ließen. Wir wohnten jetzt mit Tante Othy Seidenberg und ihren drei Kindern zusammen. Die Kinder waren sehr lieb und wir spielten gut miteinander. Gerhard, acht Jahre alt, war sehr geschickt und hatte schon mancherlei repariert. Im Wohnungskorridor befestigte er eine Kuhglocke an der Decke, so hörten wir, wenn jemand kam. Die Wohnungstür war aus starken Latten, so wie bei einer Kellertüre. Wir konnten sie abschließen. Einmal vergaßen wir, den Schlüssel abzuziehen, und schon stand ein größerer Russenjunge da. Er riss an der Glocke, die er unbedingt mitnehmen wollte. Es gelang ihm aber nicht – Gerhard hatte gute Arbeit geleistet!

Nebenan wohnte eine Lehrerin mit ihren drei Töchtern. Sie waren sehr musikalisch und sangen abends, oft mehrstimmig, herrliche Lieder. Tante Othy schickte mir später einen Brief mit ihren Erinnerungen an unsere gemeinsame Zeit.

```
          Anburndale February 22,1961
Meine liebe Lina immer habe ich schon danach
getrachtet deine Adresse zu erhalten - wie
geht es Dir? Ich habe aus deinen Briefen an
Emmi ersehen, daß ihr euch ein Haus bauen
laßt. Freue mich mit Euch. Gott sorgt für
die Seinen - ich denke noch so manches mal
an unsere Zeit die wir zusammen in
Ostpreußen unterm Russen verlebten - wie war
uns Gott so nahe mit seiner Treue. Die
herrlichen Stunden beim Rüben hacken - wo
wir uns so erquickend über Gottes Wort
unterhielten oder wir sangen die herrlichen
Lieder - besonders oft sangen wir: Weiß ich
den Weg auch nicht, Du weißt ihn wohl, das
```

macht die Seele still und friedevoll. Wir
hatten ja nicht viel zu essen - aber dafür
mehr geistliche Speise. Es waren
Segenszeiten und ich möchte sie nie aus
meinem Leben streichen wollen. Uns geht es
jetzt auch sehr gut. Ich habe drei nette
Kinder - ich danke Gott für meine Kinder. Es
grüßt sehr herzlich

deine Othy mit Kindern.

Da nun Maria Warstat nicht mehr bei uns wohnte, musste ich den Haushalt fast alleine machen. Putzen, Holz besorgen, Essen kochen, einkaufen, auf die Geschwister aufpassen und einiges mehr waren jetzt meine Aufgaben. In der Gärtnerei lernte ich Einkaufsnetze flechten. Die Netze wurden aus Bindegarn geflochten. Dafür bekam ich etwas Geld und Brot.

Einmal, als ich auf dem Kachelherd kniete und putzte, dachte ich, wem wohl die Wohnung gehört haben mochte, wer darin gelebt hatte und wo derjenige jetzt war. Dabei überkam mich ein beklemmendes Gefühl.

Eines Tages, als ich einkaufen ging, kam gerade ein Gefangenentransport durch Aulenbach. Eine Unzahl deutscher Soldaten marschierte in Reih und Glied, von Russen zu Pferd bewacht, durch die Straßen. Wir Kinder standen bei Rautenbergs am Straßenrand: es war unheimlich, die schweigend marschierenden Soldaten, mit ihren versteinerten Gesichtern.

In dem Haus, wo früher Doktor Epha seine Praxis gehabt hatte, befand sich jetzt das Magazin. Das war ein großer Raum, wo es Dinge des täglichen Bedarfs auf Karte für Rubel zu kaufen gab. Wir hatten eine Arbeiterkarte und drei Kinderkarten. Auf eine Arbeiterkarte bekam man täglich 500 g Brot für einen Rubel achtzig. Auch Fett bekam man mit dieser Karte, aber nur 400 g im Monat, und ein Kilo Margarine kostete dreißig Rubel. Das Magazin war jedoch nur geöffnet, wenn Brot kam. So musste ich oft hingehen und nachsehen. Das Brot war meistens schlecht durchgebacken und nass. Die Verkäuferin warf das schwere Brot auf die Waage und nahm es sofort wieder herunter, bevor sich der Zeiger eingependelt hatte. Auf diese Weise bekamen wir noch weniger Brot für unser ohnehin knappes Geld. Manchmal hatte man lange angestanden und kurz bevor man dran kam, war das Brot wieder alle.

Ich erinnere mich, wie ich einmal mit meiner Mutter im Magazin war. Ausnahmsweise gab es Kekse. Die Frau des Kolchosendirektors kam herein, ging hinter den Tresen, und ließ sich alle Kekse in einen Kopfkissenbezug schütten. Es tat Mutter sehr leid, dass sie mir nun keine Kekse kaufen konnte.

Irgendwann wurde die Verkäuferin abgelöst, weil sie Unterschlagungen gemacht hatte. Ich sehe sie noch am Fenster sitzen, wie sie darauf wartete, abgeholt zu werden.

In dem Haus, wo sich das Magazin befand, wohnten noch einige Zivilrussen. Auf dem Hof gab es einen Stall, in dem eine Kuh, ein Schwein und einige Hühner waren. Eines Morgens war die Kuh verschwunden, obwohl der Stall verschlossen war. Daraufhin nahmen die Russen das Schwein und die Hühner mit ins Haus. In der Küche hatten sie mit einem breiten Brett eine Ecke abgeteilt, wo auf Stroh die Tiere lebten. Ich weiß nicht, warum ich in dieser Wohnung war, erinnere mich aber, dass ich dort stand und nichts begriff. So etwas hatte ich noch nicht gesehen, aber die Russen fanden das nicht besonders ungewöhnlich. Die großgewachsene freundliche Frau lachte und schaute mich unentwegt an.

Ausreise – Transport in eine fremde Welt

Im Frühjahr 1948 wurde uns gesagt, dass wir ausreisen könnten. Wir mussten einen Antrag stellen und Lichtbilder machen lassen. Unsere Mütter wurden ärztlich untersucht und wir alle bekamen eine Spritze. Drei Tage waren wir krank und elend, hatten Fieber und konnten uns kaum rühren. Mutti ging es besonders schlecht, sodass wir Kinder große Angst hatten, dass Mutter sterben könnte. Zu der schlimmen Sorge um das Leben der Mutter kam die leider realistische Angst, in einem Waisenhaus von den Geschwistern getrennt zu werden, und somit ganz allein und hilflos zu sein.

Die Zivilrussen wären gerne mit weggegangen. Sie sagten: »Ihr habt nur drei Jahre schlecht gelebt, wir leben immer schlecht.«

Wenige Tage vor der Abreise klopfte es an der Tür: ein Offizier stand dort. Wir waren besorgt, aber Mutter ließ ihn herein, und bot ihm eine Zigarette an. Er setzte sich, rauchte und sagte, er wolle die Möbel kaufen. Mutter sagte: »Es sind nicht unsere, wir sind bald weg und dann können Sie sich alles nehmen, was Sie brauchen.« Er schüttelte den Kopf, zog einen kleinen Notizblock hervor und listete die einzelnen Möbelstücke auf. Er zählte alles zusammen und gab meiner Mutter das Geld. Und Rubel sollten noch sehr wichtig werden!

Am 9.4.1948 mussten wir uns ganz früh – es war noch dunkel – vor der Gaststätte Rautenberg einfinden. Wir wurden auf Lastwagen zusammengedrängt und nach Kreuzingen an den Bahnhof transportiert und von dort mit dem Zug nach Königsberg gebracht. In Königsberg wurden wir scharf kontrolliert, und alles Brauchbare hat man uns abgenommen. Wir mussten durch mehrere Kontrollen. Zwischen den einzelnen Kontrollen standen zusätzlich Soldaten, mit Maschinenpistolen bewaffnet. Berge von Reichsmark-Scheinen lagen herum, jedoch niemand achtete mehr darauf, denn es hieß, das Geld habe keinen Wert mehr.

Meine Mutter hatte die letzten Briefe von meinem Vater und Fotografien bei meinen kleineren Geschwistern in deren Trainingshosen versteckt. So retteten wir unsere kleinen Andenken an unsere Heimat, an unseren Vater und an andere Familienangehörige nach Deutschland.

Zum Schluss bekamen wir noch eine Handvoll gelbes Pulver gegen Läuse, Flöhe und so weiter auf den Rücken gestreut. Nachdem wir alles hinter uns hatten, durften wir in einen großen Raum, in dem viele Tische standen, voll beladen mit Wurst, Brot, Butter, Käse, Obst und Gemüse! Wir waren ganz ergriffen von dem Anblick, hatten wir doch drei Jahre lang diese herrlichen Dinge vermisst.

Für Rubel konnte man alles kaufen für die lange Reise nach Berlin. Die Menschen waren alle froh gestimmt, obwohl sie wussten, dass sie ihre Heimat nie wiedersehen würden. Aber die Freude, wieder als freier Mensch zu leben, beflügelte alle. Während wir auf dem Bahnsteig warteten, standen zwei ältere Männer neben uns. Unvermittelt schubste der eine Manfred und dieser fiel und stieß sich die Knie an. Der andere Mann fragte: »Warum schubst du den Jungen?« »Ist das dein Junge?« fragte der erste zurück. Darauf entgegnete dieser: »Nein, es ist nicht mein Junge, aber du brauchst ihn trotzdem nicht zu schubsen!« Wir nahmen Manfred hoch und trösteten ihn.

Im Laufe des Tages wurden wir in Güterwaggons gedrängt. Als der Zug anfuhr, sagte eine Mutter: »Wollen wir nicht singen, Heimatland, lieb Heimatland ade?« Alle Mütter und Kinder stimmten in das Lied ein. Ich konnte jedoch nicht singen, ich kauerte auf dem Boden des Viehwaggons und dachte, mein Leben ist jetzt zu Ende. Es waren drei unsichere Jahre, aber wir waren zu Hause und im Kreise lieber und hilfsbereiter Nachbarn und Verwandten. Ich sehe mich heute noch hilflos dort sitzen, in der Mitte des Wagens. Die anderen saßen alle mit dem Rücken an die Waggonwände gelehnt; für mich gab es nichts, woran ich mich festhalten konnte.

Was ich fühlte, wie es in meiner Seele aussah, kann ich nicht in Worte fassen. Die Vorstellung, dass ich jetzt aus meiner Heimat, ohne Vater, recht- und schutzlos allem ausgeliefert, in eine völlig ungewisse Zukunft fuhr, bedrückte mich sehr.

Es wurde ab und zu gehalten, weil keine Toiletten in den Waggons waren. Wir hatten uns vor der Abfahrt noch Hafer eingeweicht und aus dem gewonnenen Saft wollten wir uns einen Haferbrei, der in Ostpreußen Kießel hieß, kochen. Bei einem der kurzen Aufenthalte hatten wir, um zu kochen, gerade Feuer gemacht, da pfiff die Lok zum Aufbruch und fuhr auch schon an. Man konnte nie wissen wie lange der Zug jeweils halten würde.

An der polnischen Grenze mussten alle heraus, die Wagen wurden durchsucht und alle wurden gezählt und auf einer Liste abgehakt. Unsere Mütter mussten unterschreiben, dass sie es bei Stalin gut gehabt hätten.

Nachdem wir wieder im Zug waren, wurden die Waggons verplombt. Ich hatte große Angst, und bis heute bleibe ich bei Veranstaltungen am hinteren, äußeren Rand sitzen. Wer die Plomben entfernte, weiß ich nicht mehr, jedenfalls konnten wir später die Türen wieder öffnen. In Polen, irgendwo auf freier Strecke, hielt der Zug, weil er keine Einfahrt bekam. Wir hatten großen Durst und einige riefen: »Da unten ist Wasser!« Wir standen an einem langen, steilen Hang. Ich nahm unsere große Wasserkanne und wollte zusammen mit meinem Bruder Wasser holen. Ich war schon einige Meter den Hang hinunter gelaufen, als die Lok kurz pfiff und anfuhr. Laut schreiend und nach meinem Bruder rufend, rannte ich dem fahrenden Zug nach. Einige Mütter zogen mich und noch zwei Kinder in den Wagen hinein. Ich schrie immerzu: »Mein Bruder ist noch draußen!« Plötzlich kam er aus einer Ecke des Waggons auf mich zu und sagte: »Hier bin ich!«

Welch unbeschreibliche Erleichterung! Ich hatte ständig große

Angst, meinen Bruder zu verlieren, insbesondere weil er so schlimm krank gewesen war.

Es sollen damals zwanzig Menschen am Hang zurückgeblieben sein, sie mussten in Polen bleiben. Später erfuhr ich, dass die Lokführer eigentlich Anweisung hatten, vor der Weiterfahrt drei Pfeiffsignale abzugeben. Es war ein deutscher Lokführer gewesen, wie konnte er nur so brutal und herzlos gegen seine eigenen Landsleute vorgehen? Tante Anneliese schrieb mir später über diese Begebenheit:

```
Wenn wir anhielten, hieß es zum Beispiel,
daß wir eine Stunde oder länger halten. Aber
plötzlich ein Pfiff und schon setzt sich der
Zug in Bewegung. Ich war auch zu dem Graben
gelaufen, und wusch verschiedenes. Da
plötzlich ein Pfiff, der Zug setzte sich
gleich langsam in Bewegung. Ich rannte um
mein Leben. Am letzten oder zweitletzten
Waggon streckten sich mir dann Hände
entgegen und zogen mich hoch. Allein hätte
ich es kaum geschafft.
```

Ich kann mich noch erinnern wie wir durch Posen fuhren. Herrlicher Abendsonnenschein und sonnendurchfluteter Wald. Wir schauten bis es dunkel wurde. Erst dann schlossen die Mütter die Schiebetüren des Viehwaggons. Die Fahrt ging über Berlin nach Pirna. In einem Berliner Vorort hatten wir einige Stunden Aufenthalt. Plötzlich erschien Tante Helene am Bahnsteig. Tante Helene war schon länger in der Nähe von Berlin, da sie arbeitsverpflichtet in einer Munitionsfabrik in Treuenbrietzen war. Woher sie wusste, dass wir in diesem Zug sein würden, kann ich nicht sagen. Jedenfalls stand sie vor dem Zug und hatte jedem von uns ein Stück Rührkuchen mitgebracht. Wir waren sehr überrascht und höchst erfreut. Auf dem Bahnsteig fragten uns dann einige Berliner, woher wir kämen, und einer, besonders unfreundlich, warum wir denn hierher gekommen seien. Er meinte dann noch: »Wollt ihr uns etwa das letzte Brot wegfressen?« Die Worte waren sehr hart, es traf uns tief, so als Eindringlinge betrachtet zu werden. Unsere Freude, nun endlich am Ziel und in Freiheit zu sein, war gleich im Keim erstickt worden.

Schließlich kamen wir abends spät in Pirna an. Wir wurden in ziemlich guten Häusern untergebracht. Seit langem schliefen wir mal wieder in einem richtigen Bett.

Ich hatte ständig schlimmen Hunger, es gab immer noch nicht genug zu essen. Die Tagesration betrug 300 g Brot und eine Suppe. Bin auch einige Male umgefallen. Eines Tages kamen deutsche Soldaten aus jugoslawischer Gefangenschaft. Sie hatten Rucksäckc voll gepackt mit schönem Maisbrot. Sie gaben uns von ihrem Reichtum ab.

Dittersdorf

Am 2.5.1948 kamen wir nach Flöha, in eine große Turnhalle, und warteten auf weitere Anweisungen. Wir mussten auch eine Nacht dort zubringen. Mutter saß da und aß etwas Brot; immer wenn die Aufregung zu heftig war, konnte Mutti essen. Im Gegensatz zu mir, ich bekam dann nichts herunter. Hinter uns saßen zwei ältere Frauen, sie hatten genau die große Tür nach draußen im Blickfeld. Über jeden, der zur Tür hereinkam, wussten die beiden etwas zu sagen: »Ach, das ist ja die... - weißte- naja...« und so weiter. Auf einmal schaut eine der beiden auf meine Mutter, stößt die andere kurz an und sagt: »Guck mal, die Frau isst immerzu und ihren Kindern gibt sie nichts.«

Am 4.5.1948 wurde in der Turnhalle in Flöha bekannt gegeben, dass wir auf verschiedene Dörfer verteilt werden sollen. Als »Dittersdorf« aufgerufen wurde, meldeten wir uns, wir kannten ja ohnehin keinen der Orte. Also gingen wir zusammen mit Tante Emmi und Lothar nach Dittersdorf.

Das provisorische soziale Netz zerbrach. Die Leere und Einsamkeit brach über uns herein.

Dort bekamen wir eine kleine Kammer bei einer Familie zugewiesen. Das Zimmer war sehr klein, es war entsetzlich auf so engem Raum zu leben. Vor dem großen Fenster stand ein Tisch mit Stühlen, es gab einen Ofen, eine Kochplatte und ein Etagenbett – für vier Personen. Die Toilette war bei den Wirtsleuten. Es war schlechter als bei den Russen. Wenn ich heute zurück denke, dann kann ich sagen, die Fahrt von Königsberg ging geradewegs in die »Hölle«.

Wir holten Holz aus dem Wald, und im Sommer suchten wir Himbeeren, Blaubeeren oder Pilze, ansonsten lebten wir nur davon, was es auf Lebensmittelkarten gab. Der Anfang war sehr schwer, zumal meine Mutter wegen ihrer Krankheit nicht arbeiten konnte. Auch wurden wir von den Einheimischen zum größten Teil abgelehnt. Man fragte, was wir hier wollten, wir sollten doch wieder dorthin gehen, wo wir hergekommen sind. Und wo denn unser Besitz sei, warum wir nichts davon mitgebracht hätten. Wir sollten nicht soviel lügen. Uns Kindern wurde überhaupt ständig, bei jeder Gelegenheit gesagt: »Sei still, lüg nicht! Sei froh, dass du lebst!« Drei Jahre in Angst und Schrecken verbracht, jetzt endlich in Deutschland unter Deutschen, und dann diese Erniedrigung. In Deutschland nicht willkommen!

Nichts zum Anziehen, kein eigenes Bett, schutzlos allem ausgeliefert, keine Rechte, der Verachtung preisgegeben. Ich hatte keine Schuhe, musste im Oktober barfuß zur Schule gehen, mit Heft und Bleistift in der Hand, weil ich keine Tasche hatte. Später bekam ich wenigstens Stoffschuhe, auf Bezugsschein.

Im August 1948 kam der Mann von Tante Emmi, Onkel Gustav Gregel, aus dem Westen, um seine Familie zu holen. Er bot uns an, ebenfalls mitzukommen. Daraufhin machten wir uns gemeinsam auf den Weg, und fuhren mit dem Zug von Dittersdorf Richtung Westen. Wir übernachteten irgendwo an der Grenze in einer Turnhalle. Onkel ging mit seiner Familie in ein Hotel. Am nächsten Morgen kamen sie, und Onkel Gustav sagte, er könne uns nicht mitnehmen, es sei zu gefährlich für uns Kinder. Wir mussten also wieder zurück nach Dittersdorf. Wir fuhren lange mit dem Zug, zunächst nach Willerstädt zu Tante Annchen. Sie war mit ihrem Sohn direkt von Insterburg dorthin gekommen, und hatte immerhin einige Koffer mitnehmen können. Sie hatte ein großes Zimmer, viel größer als unsere Kammer in Dittersdorf. Ihr Mann war schon in Hamburg Altona bei der Post und holte später seine Familie nach.

Mir ging es sehr schlecht, ich saß auf dem Bett und es war, als sei ich noch im Zug. Ich spürte die Erschütterungen der Zugfahrt, mir war schwindelig und ich hatte ein Flackern vor den Augen.

Wir mussten zurück in die »Enge«, zurück nach Dittersdorf. Auf dem Hauptbahnhof in Chemnitz saßen wir Kinder auf unseren Habseligkeiten, während Mutti gegangen war, um nach der Zugverbindung zu schauen. Da sprach uns eine Dame an und fragte, wo wir hin wollten, und ob wir allein seien. Mein Schmerz und meine Enttäuschung waren so groß, dass ich nicht antworten konnte. Mit dem Wegzug meines Onkels und seiner Familie war doch der letzte Strohhalm verloren gegangen.

Sich als ein Ertrinkender an einen Strohhalm klammern, an eine letzte nichtige Hoffnung.

Mein Hals war ganz fest zugeschnürt. Die Dame wurde ungeduldig und sagte: »Wirst du wohl antworten!« Ich sagte: »Mutti schaut nach dem Zug.« Sie sagte: »Na also, es geht doch.« Wieviel kann ein Kind ertragen?

Da wir Kinder in den letzten drei Jahren keine medizinische Versorgung gehabt hatten, wollte Mutti mit uns zu einer Grunduntersuchung zum Arzt. Von den Einheimischen erfuhren wir, dass der ansässige Arzt nur Medikamente verschreibt, wenn die Patienten ihre Diagnose bereits kannten. Deshalb ging Mutter mit uns zur Grunduntersuchung in den Nachbarort zu dem dortigen Arzt. Wir hatten keine Papiere und keine Krankenscheine. Der Arzt untersuchte uns und sagte zu Mutti: »Ihre Kinder sind vollkommen gesund, aber sie haben fast kein Blut mehr im Körper.« Mutti wollte den Arzt von ihrer Unterstützung bezahlen. Der Arzt sagte: »Nein, so etwas tue ich nicht.« Dadurch konnten wir das wenige Geld für dringend lebensnotwendige Dinge verwenden.

Wir lernten dann eine ältere Dame kennen, die nach Westdeutschland übersiedelte und uns ihre Wohnung, bestehend aus einem großen Zimmer, überließ. Hier wurden wir sehr lieb aufgenommen und wohnten dort mehrere Jahre. Obwohl die lieben Hausbesitzer ausgebombt waren, teilten sie alles mit uns. Sie hießen Lohs, hatten ein Textilgeschäft und eine kleine Fabrik. In Dittersdorf gab es zu der Zeit eine gut entwickelte Textilindustrie. In dem langgezogenen Dorf gab es fünf Strumpffabriken, die vor dem Krieg sogar ins Ausland exportierten.

Es gab damals alles nur auf Bezugsschein. Bei Frau Lohs durften wir uns schon in ihrer Wohnung Sachen aussuchen, weil wir ja gar nichts hatten. Wir bekamen von ihr auch Federbetten geliehen. Später half ich bei ihr im Haushalt, bekam ein Brot und drei Mark in der Woche. Eines Tages, ich arbeitete gerade bei Frau Lohs, klopfte und rief Mutter ganz laut. Wir eilten hinaus in den Flur. Meine Mutter sagte: »Es ist soweit, ich muss jetzt sterben, sie holen mich.« Sie betete noch mit uns. Mich überfiel Angst und Schrecken. Dass die Mutter stirbt ist an sich schon das Schlimmste, was einem Kind widerfahren kann. Hinzu kam das Entsetzen vor dem Waisenhaus. Wie es den Kindern darin ergehen konnte, dass sie abgehungert waren bis zum Umfallen, hatte ich ja mit eigenen Augen gesehen.

In solchen Augenblicken fragte ich mich: Warum gerade wir? Mein Hals schnürte sich zu, ich konnte kaum atmen. Herr Lohs war gerade auch da und sagte zu seiner Frau: »Mach schnell Kaffee.« Er lief zum Gasherd und zündete rasch die Flamme an. Nach dem Kaffee ging es Mutti wieder besser. Der Arzt sagte eines Tages: »Es sieht nicht gut aus. Ich könnte Ihnen noch etwas aufschreiben, was bestimmt hilft, das es aber hier nicht gibt. Wenn Sie Verwandte im Westen haben, könnten wir ein Rezept hinschicken.«

Mein lieber Onkel Max schickte Mutti dann mehrmals Medikamente, und es ging ihr bedeutend besser. Die drei Brüder meiner Mutter unterstützten uns, obwohl sie selbst alles verloren hatten.

Eines Tages, wir saßen alle zusammen in unserem Zimmer, klopfte es laut an der Tür. Wir hatten es alle gehört und sagten »Ja«, es kam aber niemand und als wir nachschauten, war auch keiner draußen. Ich bin noch heute davon überzeugt, dass sich da mein Vater von der Familie verabschiedet hat. Das war etwa 1950. Er ist niemals wiedergekommen.

In der Nachbarschaft wohnte eine gläubige Familie mit einem Sohn, der später der Freund meines Bruders wurde und es bis auf den heutigen Tag ist. Die Familie lud uns arme Menschen zum Weihnachtsfest zu sich ein. Wir durften dann schöne Stunden in freundlicher, liebevoller Umgebung verleben. Es waren ruhige, strahlende Menschen mit viel Einfühlungsvermögen – mit einem großen Herz gegenüber ihren Mitmenschen. So konnten wir uns auch an dem schön geschmückten Weihnachtsbäumchen und Lichterglanz erfreuen. Wir wurden von ihnen mit Kaffee und Kuchen bewirtet, obwohl sie selbst ja auch nicht viel hatten. An Sommertagen gingen sie mit uns im Wald spazieren – mit uns, die doch sonst so verachtet wurden. Sie luden uns auch in ihren Schrebergarten ein, der weit entfernt vom Haus lag. Dort gab es eine schöne Laube und sie hatten Gemüse angepflanzt. Für uns war es wie eine Oase dort.

Später zogen wir in die Mitte des Dorfes, nahe der Kirche und der Schule. Dort hatten wir ein großes Zimmer, und rechts und links daneben, unter der Dachschräge noch zwei kleine Zimmer. Aus einer Kammer hatten wir eine Küche gemacht, in welcher mein Bruder schlief. In der anderen schlief meine Mutter mit uns beiden Mädchen. Unter uns wohnte die Hauswirtin Frau Uhlig mit Tochter und Enkeltochter. Auf der gleichen Etage wohnte noch ein älteres Ehepaar. Der Mann wollte die Hauswirtin immer ärgern und rasselte manchmal nachts mit Ketten.

Unten im Haus befand sich die Schusterwerkstatt vom verstorbenen Hauswirt, sie war an einen Schuhmacher verpachtet. Gegen Abend, als der Schuhmacher noch arbeitete, rasselten die Ketten vor der Werkstatt . Der Schuhmacher sprang vor Angst durchs Fenster und lief nach Hause. Fortan hieß es im Dorf: »Die Uhligschustern hat den Teufel!« Noch bevor wir dort einzogen, warnten mich deshalb die Mitschüler: da würden sie nicht einziehen wollen!

Eines Tages sagte der Unruhestifter zu meiner Mutter: »Hier spukt es manchmal abends oder nachts – was würden Sie dann machen?« Meine Mutter sagte: »Ich habe keine Angst – wir waren drei Jahre bei den Russen! Ich habe mir hier schon einen dicken Knüppel hingestellt, und wenn der Krach angeht, dann nehme ich meine drei Kinder, den Knüppel und geh dem Spuk nach und zieh dem Geist eins über!« Es hat in der ganzen Zeit, in der wir dort wohnten, nicht einmal »gespukt«.

Trotzdem war es mir immer ein bisschen unheimlich, wenn ich aus der Jugendstunde oder Kirchenchorübungsstunde abends nach Hause kam. Es blieben dann immer einige von der Gruppe unten beim Haus stehen, bis ich oben war.

Die Hauswirtin hat unter dieser Verleumdung sehr gelitten. Sie war gut zu uns, brachte Mutter Wäschestücke und wir durften im Sommer den Garten mitbenutzen.

Nebenan war eine Landwirtschaft, wo Mutti arbeitete, wenn sie konnte und nicht zu krank war. Auch wir Kinder halfen auf dem Feld. Zum Beispiel holten wir die Garben heran und Mutti stellte sie auf, so wurde sie entlastet. Es fiel uns manchmal schwer, wenn die Kinder aus Weissbach auf dem Filialweg in die Badeanstalt gingen und wir mussten bei großer Hitze arbeiten.

Das »Muss« stand immer hinter uns.

Der Landwirt gab ihr Milch und oft auch Mittagessen für uns Kinder mit, so dass sich Mutti über Mittag ausruhen konnte. Eines Tages holten wir Pflaumen und wollten für den Sonntag einen Kuchen backen – mein erster Kuchen. Wir hatten damals nur eine Backhaube und das Rezept war für ein großes Kuchenblech, jedenfalls nahmen wir sehr viele Pflaumen. Die Landwirtin sagte zu meiner Mutter: »Die Kinder haben Pflaumen geholt, sie werden wohl einen Kuchen backen.« Als Mutti nach Hause kam, sagte sie: »Wie schön, dass der Kuchen fertig ist, ich bin so müde!« Am Sonntag wurde der Kuchen angeschnitten, außen war eine Teigschicht und innen nur Pflaumen. Uns Kindern gefiel das gar nicht, wir waren sehr enttäuscht, dass der erste Kuchen »missraten« war – aber Mutti schimpfte nicht.

Meine Mutter überraschte mich eines Tages mit einer Mandoline. Ich bekam dann Unterricht und spielte später im Mandolinen- und Gitarrenchor mit. Ich wurde liebevoll von der Familie meines Musiklehrers aufgenommen, die Freundschaft hält bis zum heutigen Tag.

Im September kamen meine Geschwister und ich in die Schule.

Meine Schwester Brunhild wurde normal in die erste Klasse eingeschult. Meine Mutter schickte meinem Onkel Ernst den folgenden Brief.

Lieber Bruder, Schwägerin u. Nichte!
Es sind nun fast 4 Wochen her, wo ich Euren
lieben Brief erhalten habe, oftmals habe ich
ihn gelesen, meinen herzlichen Dank dafür,
und Trost daraus geschöpft, weil Liesel mir
schrieb, dass noch viele Kriegsgefangene in
Russland sind, die noch nicht geschrieben
haben. Brunhild fing am 6.9.1948 zur Schule
an, das ist ja hier ein großer Festtag. Um 2
gingen wir zur Kirche, wo der Pfarrer eine
wunderschöne Predigt hielt, und dabei
besonders an uns Umsiedler gedacht hat. Dann
ging es in einen großen Saal, wo die Kinder
die große Zuckertüte bekamen, die Kinder
Theater gespielt und gesungen haben. Nach
einer schönen Ansprache des Schulleiters und
Musik, wurden die Kinder fotografiert und
von der Lehrerin in die Klasse gebracht. Da
lag auf jedem Platz 1 Mohnbrötchen, 1 Pfd.
Bonbons und 1 Pfd. Brot, das war eine Freude
für die Kinder. Wir gingen dann anschließend
zum Fotografen und ließen uns fotografieren,
hoffentlich wird etwas davon. Wenn ich auch
nicht arbeite, habe ich doch so viel Arbeit,
dass ich zum Schreiben keine Zeit erübrige.
Sonntag hatte ich furchtbare Zahnschmerzen,
den ganzen Tag, das ist vom Herzen aus. Ich
ließ mir beim Zahnarzt zwei Wurzeln ziehen,
und die Betäubung wirkte dann sehr auf das

Herz, das Impfen vertrug ich auch nicht,
dann bin ich hernach so angegriffen, dass
das Herz fast still steht, und furchtbare
Kopfschmerzen dazu. Nun meine Lieben möchte
ich schließen, bin sehr müde, viele liebe
Grüße euch allen

Eure Lina

Ich hingegen machte jetzt mit 13 Jahren meine zweite Einschulung durch. An die erste habe ich keine Erinnerung mehr. Da ich schon schreiben, lesen und rechnen konnte, kam ich sofort in die vierte Klasse. Durch den Krieg war das nicht ungewöhnlich, es gab viele, die älter waren, und auch solche, die noch nie in einer Schule gewesen waren.

Meine Klassenlehrerin war sehr lieb. Sie fasste mich um und stellte mich vor die Klasse. Sie sagte den anderen Kindern, dass sie lieb mit mir sein sollten, und dass ich viel Schlimmes erlebt hätte. Die Klasse war ganz still, die Kinder saßen wie erstarrt in den Bänken. Sie waren dann auch alle freundlich und lieb zu mir, ebenso wie die anderen Lehrer. An einem Wandertag, als es regnerisch und kalt war, fror ich sehr. Daraufhin gab mir die Lehrerin ihre eigene Strickjacke.

Nach einer gewissen Zeit kam ein anderer Lehrer mit ein paar Papieren in der Hand in unsere Klasse, und sagte: »Die Helga kommt über den Durchschnitt, da können wir jetzt die nächste Klasse nehmen.« Also kam ich in eine neue Klasse. Auch diese Klasse nahm mich gut auf und ich fühlte mich wohl. Bis dann der nächste Lehrer vor der Tür stand. Der Anfang war immer schwer, ich merkte, was mir alles fehlte. Aber das Lernen machte mir Spaß, und ich bemühte mich auch sehr. In Brunhilds Klasse war ein Mädchen, das bereits achtzehn war. Ich fand das schlimm, die anderen dort waren ja erst sieben. Das war mir zusätzlicher Ansporn. Ein großer Vorteil war, dass wir Russisch bereits sprechen konnten, denn in der DDR war Russisch Hauptfach. Das Lesen und Schreiben der Sprache war für uns dann schnell und leicht zu lernen.

Nach nur zwei Jahren hatte ich auch die achte Klasse hinter mich gebracht, und damit meinen Hauptschulabschluss erreicht. Das war im Jahr 1950. Die Lehrer sagten, dass ich weiter zur Schule gehen sollte. Ich musste jedoch meiner Mutter helfen, da sie oft unter schlimmer Migräne litt und nur wenig arbeiten konnte. Manchmal arbeitete Mutti beim Bauern auf dem Feld und wir Kinder halfen ihr, damit sie es überhaupt schaffen konnte. Ich arbeitete zudem in einer Strumpffabrik. Aus diesen Gründen bestand keine Möglichkeit für mich, eine weiterführende Schule zu besuchen.

Als mein Bruder dann soweit war, wurde er zur Oberschule nach Chemnitz geschickt. Manfred hätte eigentlich gar nicht dürfen, weil wir in unserer alten Heimat zu viel Grundbesitz hatten. Es sollten ja vor allen Dingen Arbeiter– und Bauernkinder studieren. Aber der Schulleiter war uns wohlgesonnen, er sagte: »Da schreiben wir ein bisschen weniger auf.«

Neubeginn

Stahle

Im Sommer 1954 besuchte ich Onkel Max, den Bruder meiner Mutter, im Schwarzwald. Eine Aufenthaltsgenehmigung hatte ich problemlos bekommen. Ich fuhr mit dem Zug hin. Obgleich sie in Baracken wohnten, ging es ihnen doch im Westen viel besser. Ich konnte nicht bleiben, die Tante meinte, dass es Schwierigkeiten bei der Registrierung geben würde. So fuhr ich wieder nach Dittersdorf, beschloss aber, nicht dort und am unteren Rand der Gesellschaft zu bleiben. Im folgenden Jahr im August fuhr ich zu Onkel Otto nach Stahle (Weser). Er war ein lieber Schwager meiner Mutter. Beim Onkel war es sehr beengt und deshalb wollte ich mir eine eigene Wohnung suchen. Nach bald einem Jahr und durch großes Glück bekam ich schließlich eine. Da ich Arbeit in einer Fabrik hatte und Wohnung nachweisen konnte, bekam ich eine Aufenthaltsgenehmigung. Der Vermieter war zunächst freundlich. Zu Weihnachten 1956 besuchten mich meine Geschwister in meiner kleinen Zweizimmerwohnung. Meine Mutter hinterließ mir folgendes Schriftstück:

```
Lina Kaupat
Stahle Krs. Höxter Gartenstraße 28
Ich, Frau Lina Kaupat geb. Seidenberg, geb.
am 22.2.1907 in Gaidwethen, heiratete 1933
den Landwirt Fritz Kaupat. Wir hatten in
Staggen Krs. Insterburg einen 27 ha. großen
landwirtschaftlichen Betrieb. In unserer Ehe
wurden drei Kinder geboren, Helga, geb.
24.5.1935, Manfred, geb. 15.5.1939 und
```

Brunhild geb. 17.9.1941. Am 17.8.1939 wurde
mein Mann zur Wehrmacht eingezogen. Seit
Januar 1945 ist mein Mann vermisst. Ende
Januar mussten wir Haus und Hof verlassen
und flüchteten bis an die Ostsee nach
Palmicken. Auf der Flucht konnten wir kaum
die notwendigsten Dinge mitnehmen.- Unsere
Hoffnung, noch aus Ostpreußen raus zukommen,
wurde durch die schlechte Organisation der
verantwortlichen Stellen und durch den
schnellen Vormarsch der Russen zunichte
gemacht. Nach der Kapitulation geriet ich
mit meinen drei Kindern in russische
Gefangenschaft. Krankheiten, Hunger, Sorge
um die Kinder und schwerste Arbeit waren die
ständigen Begleiter in dieser schweren Zeit.
Im Mai 1948 wurden wir mit einem
Gefangenentransport nach Chemnitz verladen
und dort eingewiesen. Eine Übersiedlung nach
Westdeutschland war zu der Zeit unmöglich,
da wir von der SBZ [Anmerk.:Sowjetische
Besatzungszone] keinerlei Unterstützung an
Geld, Kleidung oder sonstigen
lebensnotwendigen Dingen erhielten. Es blieb
mir vorerst nichts anderes übrig, als in
Chemnitz zu bleiben und für den
Lebensunterhalt der Kinder und mich zu
sorgen. Durch schwerste Arbeit in der
Gefangenschaft geschwächt und krank, war es
mir kaum möglich, meine Kinder und mich zu
ernähren. Die Kinder gingen in die
Volksschule Dittersdorf bei Chemnitz. Meine
älteste Tochter arbeitete nach der
Schulentlassung als Arbeiterin in der

Fabrik, Manfred und Brunhild wurden auf die Oberschule geschickt. Als im Jahre 1955 meine Tochter Helga zu Besuch bei Verwandten in Stahle Kreis Höxter war, fasste sie den Entschluss, da sie mit dem kommunistischen System nicht einverstanden war, in der Bundesrepublik zu bleiben, und uns bei passender Gelegenheit dann nachkommen zu lassen. Sie mietete in Stahle, Gartenstraße 28, zwei Zimmer bei Herrn Hoffmann. Weihnachten besuchten Manfred und Brunhild meine Tochter. Dabei wurde darüber beraten, ob auch Manfred, Brunhild und ich nach Stahle übersiedeln sollten. Meine Tochter besprach mit dem Hauswirt die Angelegenheit und fragte ihn, ob er damit einverstanden sei, wenn sie (meine Tochter Helga) mich (ihre Mutter) und die Geschwister in ihrer Wohnung aufnehmen würde. Der Hauswirt sagte zu. Ich kam mit den Kindern zu Ostern, 14. April 1957 in Stahle an. Als ich den Hauswirt nun bat, mir eine Wohnungsbescheinigung auszustellen, weigerte er sich. Diese Bescheinigung ist aber notwendig, um überhaupt erst einmal registriert zu werden und um das Weitere einleiten zu können. Ich habe alles nur Mögliche versucht, die Fürsorgerin hat sich eingeschaltet, ich habe mit den Behörden verhandelt, aber es scheiterte daran, dass der Hauswirt sich trotz seiner früheren Zusage weigerte, uns aufzunehmen. Es ist mir aus diesem Grunde auch nicht möglich, meine Hinterbliebenenrente einzureichen, und ich bin gezwungen, meine Kinder ohne weitere Ausbildung zur Arbeit zu schicken, damit wir das Notwendigste zum Leben haben. Ich selbst bin kränklich und mit über 50 Jahren zu alt um noch irgend eine Arbeit zu bekommen. Durch Hilfe der Führsorgerin ist es jetzt gelungen, meine Tochter Brunhild als Stationshilfe im Krankenhaus Höxter unterzubringen. Mein Sohn Manfred, der augenblicklich als Hilfsarbeiter in Holzminden arbeitet, hätte die Möglichkeit, in dieser Firma eine Lehrstelle als Laborant zu bekommen. Solange über meine Rentenangelegenheit nicht entschieden worden ist, ist es unmöglich, auf Manfreds Verdienst zu verzichten, da ja sein Einkommen als Hilfsarbeiter weit höher ist, als das, was er als Lehrling bekommen würde. Ich habe diese Aufzeichnung gemacht, in der Hoffnung, dass sich vielleicht irgendeine Stelle für die Dinge interessieren könnte. Ich habe auch keine Ahnung, ob für mich die Anerkennung als Flüchtling A in Frage kommt und ob ich einen Antrag LA [Anmerk.:Lastenausgleich] auf Schadenfeststellung stellen kann und ob ich überhaupt als Vertriebener nach §11 des LAG anerkannt werde. Alle bisherigen Versuche weiterzukommen sind fehlgeschlagen, und es bleibt nur die Hoffnung mit dieser Niederschrift etwas zu erreichen.

Lina Kaupat

Eine große Hilfe war uns der Heimkehrerverband (VdK). Auf einen Rat hin hatten wir uns an den Kreisverband des VdK Höxter-Land gewandt. Der dortige Mitarbeiter, der gleichzeitig der erste Vorsitzende des Kreisverbandes war, zeigte sich bestürzt, dass wir mit so wenig Geld überhaupt leben konnten. Außerdem war die Antragstellung auf Hinterbliebenenrente dringend nötig, da der Anspruch wenig später verloren gegangen wäre. Es wurden nun die entsprechenden Anträge gestellt. Mutti bekam die Rente, samt einer Nachzahlung, und zuvor bekamen wir noch ein Überbrückungsgeld. Dadurch war es möglich, dass Manfred und Brunhild ihre Lehren beginnen konnten.

Nach den Wirrnissen der Vergangenheit wollten wir endlich wieder einen festen Wohnsitz haben. Es gab hier jedoch viel zu wenig Wohnraum für uns alle. Ich erfuhr eines Tages, dass in Stahle für Heimatvertriebene gebaut werden sollte. Daraufhin fuhr ich zum Heimkehrerverband nach Höxter und erkundigte mich, ob es für uns möglich wäre, in Stahle ein Eigenheim zu errichten. Dort teilte man mir mit, dass auf Grund unseres Flüchtlingsstatusses durchaus die Möglichkeit dazu bestünde. Vom Heimkehrerverband erhielten wir nun die notwendige Unterstützung für alle weiteren Schritte. Von der Wohnungsbauförderungsanstalt des Landes Nordrhein-Westfalen wurde uns ein zinsloses Baudarlehen zur Verfügung gestellt, so dass wir 1960 ein Eigenheim als sogenannte Kleinsiedlerstelle errichten konnten.

Die Einheimischen sagten: »Jetzt wollen die auch mal zeigen was sie können.« Das empfand ich als sehr verletzend, denn wir hatten ja alles gehabt, aber alles verloren. Trotz der staatlichen Fördermittel war es eine sehr harte Zeit für uns, denn es musste noch sehr viel in Eigenleistung erbracht werden. Wir arbeiteten soviel es nur ging und waren »hart gegen uns selbst.« Aber wir taten das nicht, um uns hervorzutun, sondern um endlich wieder ein kleines Stück Sicherheit und eine Zukunft zu bekommen.

Im Mai 1961 konnten wir schließlich in unser neues Zuhause einziehen.

Das erste Mal wieder einen festen Wohnsitz, ein Zuhause!

Briefe meines Vaters

Heiligenstadt, den 29.3.1940

Mein liebes Schätzchen!

Deinen lieben Brief heute mit herzlichem Dank erhalten. Ihr habt ja dann Ostern schönen Besuch gehabt – und dann auch schön gefeiert, ich wäre auch gerne bei euch gewesen. Danke herzlichst für die vielen Grüße der Anwesenden. Heute ist hier Frühlingswetter – abends war schon Gewitter- und bei Euch, wie du schreibst, ist noch tiefer Winter, dann wird ja auch spät Frühling werden. Wir waren heute mit dem Bus etwa 30 Kilometer raus gefahren und da sind nichts wie Berge, Täler und bewaldete steile Felsen. Ich hab auch aus weiter Ferne das Harzgebirge heute gesehen, von dem man früher gehört hat. Für Wanderer ist es hier wunderschön, mein Schiepchen, da müßtest du so 4 Wochen später hier sein nicht wahr? Einen Tag sollen wir wieder einen langen Tagesmarsch haben – dann ist es schön, die malerische Landschaft zu schauen. Guten Nacht mein Liebes, es ist $1/4$ zehn Uhr und ich bin ganz allein im Haus, mein Kamerad ist auf Urlaub und die Quartierswirtin ist beim Nachbarn. Herzliche Grüße Dir – an

Ohma, dem Mauschen, Manfred, Mia und allen
anderen – sendet Euch, meine Lieben

Euer Fritz

Heiligenbeil, den 1.4.1940
Mein liebes trautes Frauchen!
Deinen lieben Brief dankend erhalten – wo du
mir mitteilst das Tante Wisbar gestorben
ist. Ein Leben das nur Mühe und Arbeit
kannte, hat seinen Lauf vollendet. Ich bekam
eine Karte vom Trauerhause mit
Unterschriften – da weiß ich ja auch, wer
alles da war. Ich bedauere nur sehr, das
unsere liebe Mutter, wie du schreibst,
öfters kränklich ist, und das gibt mir hier
in einsamen Stunden zu ernsten Besorgnissen
Anlaß. Mein Lieb, sieh nur zu, wie du Ohma
beschonen kannst – und von jeder Sorge
fernhalten, und wenn auch etwas wieder
zurückläßt. Ich möchte doch nachhause kommen
und Ohma und euch Allen ein anderes Leben
vorleben – doch davon mündlich mehr, wenn
ich auf Urlaub kommen sollte. Um mich darfst
du sowie Ohma keine Sorgen haben, denn wir
werden ja nie vorne hinkommen – wenn auch
ernstere Kampfhandlungen kommen sollten –
aber es kann auch mit dem ganzen Krieg bald
Schluß sein – Ihr werdet doch auch in der
Tagespresse lesen, daß Finnland und Russland

Frieden geschlossen haben - und, so kann es
auch eines Tages hier der Fall sein. Hast du
den Brief, wo du Urlaub für mich beantragen
sollst, bekommen? Habt Ihr auf 8 Wochen
Urlaub eingereicht? Die Anschrift ist 2.
Kompanie Feldp. 11996. Oder wenn du hörst,
der Gefangene soll weg - schreib nur - ich
möchte doch so gerne zuhause sein. Manchmal
wenn man so in Gedanken an euch Lieben so
versinkt, möchte man am liebsten ausreißen -
aber das geht doch nun einmal nicht. Ich
sehe das Ganze, wo ich so fern der Heimat
bin - mit ganz anderen Augen an - ich möchte
nicht in Polen ein Gut und will auch nicht
in die Stadt - ich habe nur einen Wunsch,
nachhause zu kommen und das Erbe das wir von
unseren lieben Eltern erhalten haben,
weiterhin zu behalten und zu verschönern -
unsere lieben Kinder zu braven Menschen zu
erziehen. Mein liebes Schiepchen - Essen
bekommen wir so leidlich, ist bißchen mager,
könntest mir ja so alle 14 Tage oder 3
Wochen so kleines Päckchen schicken - Butter
und so was Gesalzenes, möglichst Speck, das
hält sich ja lang - Brot bekommen wir genug
- aber wenn man etwas zum Belegen hat, kann
man sich gut satt essen. Herzliche Grüße
sendet

Dir Dein lieber Ehemann Grüße an Ohma, den
lieben Kleinen und allen Anderen.

Gadebusch Mecklenburg, den 4.4.1940
Mein liebes trautes Frauchen!
Du wirst ja staunen, wenn ich Dir schreiben
muß, daß ich seit Sonntag zu Montag in
Gadebusch- Mecklenburg bin. Es ist so ein
Ort etwa wie Kreuzingen, liegt 92 km von
Hamburg und 44 km von Lübeck ab, noch eine
Bahnstation, dann wären wir an der Ostsee.
Weiter fährt der Zug nicht, es sei denn, daß
er in die Ostsee reinfährt. Hier gefällt mir
der Dienst eigentlich besser, denn ich habe
zum Antreten oder Mittagessen 2 Minuten zu
gehen und dort 20 Minuten. Hier bekomme ich
nach Monaten mal gemachten Kaffee. Wir
liegen in Privatquartieren und gestern Abend
hatte unsere Quartiergeberin für jeden ein
Ei im Eibecher hingestellt, das war das
erste Ei seitdem ich vom Urlaub kam. Am
vergangenen Sonnabend hatten wir einen 25
bis 26 km langen Marsch und auf der Rücktour
kam uns der Spieß schon entgegen gefahren,
da war ganz plötzlich der Marschbefehl
gekommen – da gabs feste zu schaffen, denn
die ganze Küche, Schreibstube und die
Kammerutensilien waren zu verpacken und
aufzuladen. Abends um 8 Uhr kamen wir in die
Quartiere und dann mußten wir unseres noch
alles marschfertig machen. Unsere Wirtin
hatte zum Abschied eine Bowle gebraut und

als wir zum Schlafen kamen, wars zwölf Uhr
und morgens um 1/2 sechs Uhr mußten wir mit
vollem Gepäck marschfertig stehen. Um 9 Uhr
34 Sonntag fuhren wir von Heiligenstadt ab.
Das war wieder eine schöne Fahrt durch
deutsche Lande, es ging über kleinere Städte
und auch größere, so z.B. Magdeburg. Um 1/2
ein Uhr nachts kamen wir hier an, es war
noch kein Platz für uns, und so mußten wir
die halbe Nacht und auch die nächste Nacht
im Bahnwagen hausen – die zweite Nacht
holten wir uns Stroh und da haben im kleinen
Abteil 6 Mann geschlafen, 2 auf die beiden
Bänke, zwei auf Stroh dazwischen, und zwei
Mann oben auf dem Gepäckträger – die uns die
Quartiere freimachten kamen nach Königsberg.
Es hieß zuerst, wir sollen da hinkommen, ich
freute mich schon – aber vergebens. Mein
Schiepchen, nun weißt du wieder das Neuste –
bitte schreib mir auch schnell, das wird
jetzt wieder lange dauern bis die Post
umgeleitet wird. Es ist jetzt 1/2 drei Uhr,
um drei Uhr haben wir Unterricht in einem
Hotelsaal und ich will noch vordem zur Post.
Herzlichste Grüße vom neuen Heim sendet

Dir Dein treuer Ehemann Gruß an Ohma und den
lieben Kleinen und allen anderen.